D1732520

БАНАНА ЁСИМОТО

ЦУГУМИ

санкт-петербург
АМФОРА
2005

УДК 82/89
ББК 84(5Я)6
Е 83

BANANA YOSHIMOTO
Tugumi

Перевел с японского Ф. И. Тумахович

*Издательство выражает благодарность
литературному агентству Japan Foreign-Rights Centre
за содействие в приобретении прав*

*Защиту интеллектуальной собственности и прав
издательской группы «Амфора»
осуществляет юридическая компания
«Усков и Партнеры»*

Ёсимото, Б.

Е 83   Цугуми : [роман] / Банана Ёсимото ; [пер. с
яп. Ф. Тумаховича]. — СПб. : Амфора. ТИД
Амфора, 2005. — 232 с. — (Серия «Амфора-
мини»).

ISBN 5-94278-923-1

УДК 82/89
ББК 84(5Я)6

© 1989 by Banana Yoshimoto
Original Japanese edition published
by Chuokoron-Shinsha, Inc.
Russian translation rights arranged
with Banana Yoshimoto through
Japan Foreign-Rights Centre
Cover drawing © Yoshitomo Nara
© Издание на русском языке, перевод,
оформление.
ЗАО ТИД «Амфора», 2005

ISBN 5-94278-923-1

Почтовый ящик привидения

Что верно, то верно: Цугуми была действительно неприятной молодой женщиной.

Оставив свой родной город, который мирно жил за счёт рыболовства и туризма, я уехала в Токио учиться в одном из университетов. Здесь я каждый день чувствую себя счастливой.

Меня зовут Мария Сиракава. Меня так назвали в честь Девы Марии.

Дело не в том, что я чем-то похожа на неё, скорее наоборот. Но почему-то все мои новые друзья, которых я приобрела после переезда в Токио, говоря обо мне, любят употреблять слова «великодушная» и «уравновешенная».

Правда заключается в том, что я обычный человек из плоти и крови, со вспыльчивым характером. Но и меня часто удивляет то, что люди в Токио раздражаются по любому поводу — то дождь идёт, то отменили занятия, то собака помочилась. Я считаю, что чем-то все-таки отличаюсь от них, ибо когда выхожу из себя, то очень скоро чувствую, что недовольство начинает убывать, как волна, уходящая в песок… Долгое время я предполагала, что это связано с тем, что я выросла в провинции, но на днях этот противный профессор отказался принять моё эссе просто потому, что я опоздала всего на одну минуту, и когда я, дрожа от ярости, шла домой, то, глядя на багровый закат, неожиданно подумала, что причина заключается совсем в другом.

Во всём виновата Цугуми, или, скорее, это всё из-за Цугуми.

Каждый, включая меня, раздражается из-за чего-нибудь хотя бы один раз в день. Но я заметила, что, когда это случается со мной, я непроизвольно начинаю монотонно произносить, как буддистскую молитву, одну фразу: «Это ничто по сравнению с Цугуми». Похоже, что за все годы, проведённые с ней, я убедилась: сколько ни сердись, это в конечном счёте ничего не изменит. И поняла кое-что ещё, пока смотрела на постепенно темнеющее небо, — кое-что, от чего почувствовала, что вот-вот заплачу.

По какой-то причине я решила, что любовь никогда не должна кончаться. «Это как водопровод Японии, — подумала я. — На сколько бы вы ни оставили водопроводный кран открытым, можете быть уверены, вода будет непрерывно течь».

Это мои воспоминания о последнем посещении приморского городка, где я провела своё детство. Владельцы гостиницы «Ямамотоя», о которых пойдёт речь, сейчас уже уехали из этих мест, и маловероятно, что я когда-нибудь встречусь с ними. Поэтому единственное место, куда стремилось моё сердце, — это то, где я провела последние дни с Цугуми, и только оно.

С момента рождения Цугуми была чрезвычайно хилым ребёнком с различными поражениями функций внутренних органов. Доктора предсказывали ей раннюю смерть, и семья была готова к худшему. Нечего говорить о том, что все вокруг баловали Цугуми, как только могли, и мать, не жалея сил, возила её по лучшим клиникам Японии, чтобы хоть как-нибудь продлить ей жизнь. Цугуми постепенно взрослела и неожиданно превратилась в подростка с чрезвычайно агрессивным характером. Она достаточно окрепла, чтобы вести более или менее нормальную жизнь, и это только усугубило её нрав. Она стала злобной, грубой, язвительной, эгоистичной, невероятно избалованной и, в довершение всего, потрясающе нахальной. Ехидная, самодовольная ухмылка появлялась на её лице каждый раз, когда она отвратительным тоном говорила то, чего никто из присутствующих не хотел слышать, и ее умышленная настойчивость вызывала у всех ассоциации с дьяволом.

Мы с матерью жили во флигеле гостиницы «Ямамотоя», а Цугуми жила в главном здании гостиницы.

Мой отец находился в Токио, пытаясь получить развод с женщиной, с которой не жил уже много лет. Он и моя мать хотели пожениться официально. Поэтому ему часто приходилось ездить в Токио и обратно, хотя это было крайне утомительно. Мои родители всегда мечтали о том дне, когда мы все вместе сможем открыто жить в Токио как настоящая семья, и эта мечта, похоже, поддерживала их. Так что, хотя со стороны всё выглядело довольно сложным, я росла единственным ребёнком в дружной семье, с родителями, которые сильно любили друг друга.

Младшая сестра моей матери, тётя Масако, вышла замуж за владельца гостиницы «Ямамотоя», и мама помогала ей на кухне. Семья Ямамото состояла из четырёх человек: дядя Тадаси, который управлял гостиницей, тётя Масако и две её дочери, Цугуми и старшая сестра Ёко.

Если расставить приоритеты между тремя главными жертвами возмутительно гадкого характера Цугуми, то это, несомненно, выглядело бы следующим образом: тётя Масако, Ёко и затем я. Дядя Тадаси держался в стороне от Цугуми. Тем не менее включать себя в этот список было, наверное, с моей стороны слишком самонадеянно, первые двое в процессе воспитания Цугуми проявляли столько нежности и доброты, что уже давно превратились в ангелов.

Ёко была на год старше меня, а я на год старше Цугуми. Однако я ни разу не чувствовала, что Цугуми младше. Мне казалось, что она с детства совсем не изменилась и только продолжала совершенствоваться в своей испорченности.

Каждый раз, когда состояние здоровья Цугуми ухудшалось и ей приходилось ложиться в постель, ужасный характер принимал ещё более устрашающие размеры. Для того чтобы как-то способствовать выздоровлению, ей была выделена красивая комната на третьем этаже гостиницы, ранее бывшая двухместным номером. Из окна открывался лучший вид на море, которое днём ярко сверкало в лучах солнца, в дождь становилось бурным, а затем обволакивалось туманом, а ночью в темноте на нём светились огни рыболовных лодок.

Будучи здоровым человеком, я не могу себе даже представить, насколько это может быть тяжело: жить изо дня в день, зная, что скоро умрёшь. Единственное, что я могу себе представить, так это то, что, если бы мне пришлось, подобно ей, столько времени лежать в постели, я бы хотела сделать этот вид на море и запах набегающих морских волн главным ощущением своей жизни. Но Цугуми, определённо, думала иначе. Она срывала шторы, плотно закрывала все окна, иногда переворачивала тарелки с едой, разбрасывала по всей комнате книги, стоявшие на полках, превращая комнату в сцену из книги «Экзорсист», что приводило её добрую семью в ужас. Однажды Цугуми серьёзно увлеклась колдовством и, называя их «посыльными беса», развела у себя огромное количество слизняков, лягушек и крабов (крабов было особенно много в этой местности), а затем стала потихоньку запускать их в комнаты гостей. Естественно, последовали жалобы, и в конце концов тётю Масако, Ёко и даже дядю Тадаси её поведение довело до слез.

Но даже и в этот момент Цугуми ехидно смеялась.

— Вы все почувствуете себя еще хуже, если я сегодня ночью неожиданно умру. Поэтому прекратите плакать.

Её усмешка, как ни странно, была похожа на улыбку бодисатвы Майтрея.

Но что правда, то правда: Цугуми была красивой. Длинные чёрные волосы, прозрачная светлая кожа и большие, очень большие глаза с густыми длинными ресницами, которые отбрасывали тень каждый раз, когда она опускала свой взор. Кожа на её длинных пальцах и точеных руках и ногах была настолько тонкой, что вены, казалось, располагались сразу под ней, её тело было изящным и безупречным, и могло почудиться, будто это кукла, созданная самим Богом.

Учась в средней школе, Цугуми начала флиртовать с мальчиками из своего класса и часто гуляла с ними по берегу моря. Это уже превратилось в развлечение, поскольку она постоянно меняла своих кавалеров, а в таком маленьком городке, как наш, это могло породить скверные слухи. Однако все без исключения были очарованы её добротой и красотой, и она казалась всем совсем другим человеком, чем была на самом деле.

Вечер. Цугуми и её поклонник идут по дамбе вдоль моря, откуда открывается прекрасный вид на темнеющие воды залива. По берегу бегает одинокая собака, а сам берег простирается далеко вперёд, напоминая собой белую пустыню. Виднеющиеся вдали силуэты островов постепенно заволакиваются туманом, и окрашенные бледно-красным цветом облака медленно опускаются в море. На волнах ветер качает несколько лодок.

Цугуми идёт медленно, очень медленно. Обеспокоенный мальчик предлагает ей руку. Опустив голову, она вкладывает в нее свою тонкую руку, затем поднимает лицо и слегка улыбается. Её щёки светятся в лучах заходящего солнца, и постоянно меняющийся цвет вечернего неба отражается на нежном лице. Белые зубы, тонкая шея и большие глаза, пристально смотрящие на спутника, — всё это смешивается с песком, ветром и шелестом волн, и кажется, что вот-вот исчезнет. И это действительно так. Если Цугуми исчезнет, это не покажется странным.

Белая юбка Цугуми развевается на ветру.

Каждый раз, наблюдая, как она умудряется с такой лёгкостью трансформироваться в другого человека, мне почему-то хочется плакать.

И эта сцена находит мучительный отклик в моей душе, поскольку я отлично знаю истинный характер Цугуми.

Цугуми и я стали близкими подругами в результате одного случая. Конечно, мы общались друг с другом, когда были ещё детьми. Если смириться с её злобным характером и ядовитым языком, то с Цугуми было интересно играть. В её воображении наш маленький рыбацкий городок был миром без границ и каждая песчинка несла в себе особую тайну. Она была умной и любила учиться, так что её оценки в школе были достаточно высоки для человека, пропускавшего по болезни столько занятий, сколько она. Она также читала различные книги и поэтому знала довольно много. К тому же трудно придумать столько злобных выходок, не имея головы на плечах.

В младших классах начальной школы мы с Цугуми играли в игру, которую называли «Почтовый ящик привидения». Школа располагалась у подножия небольшой горы, за ней был сад, в котором стоял остов старого ящика для приборов. Мы придумали, будто этот ящик связан с потусторонним миром и в него могут приходить оттуда письма. Днём мы клали в него вырезанные из журналов страшные рассказы и картинки, а затем в середине ночи возвращались и вынимали их. Днём этот сад с ящиком не представляли собой ничего необычного, но ночью пробираться туда было довольно страшно. В течение некоторого времени мы были поглощены этой игрой, но затем пришли другие игры, и постепенно мы забыли о «Почтовом ящике привидения». Когда я перешла в среднюю школу, то поступила в баскетбольную секцию, тренировки были довольно напряжённые, и мне стало не до Цугуми. Приходя домой, я сразу ложилась спать, а потом были ещё и домашние задания, так что Цугуми превратилась просто в двоюродную сестру, которая жила по соседству. Но однажды произошёл один случай. Как я помню, это было во время весенних каникул, когда я училась в восьмом классе.

В ту ночь шёл небольшой дождь, и я сидела в своей комнате. В приморских городках, подобных нашему, дождь несёт с собой запах моря. Звук падающих дождевых капель соответствовал моему подавленному настроению. Только что умер мой дедушка. До пяти лет я жила в его доме, поэтому мы были очень близки. И после того, как мы с матерью переехали во флигель гостиницы «Ямамотоя», и даже теперь, когда училась в школе, я продолжала часто бывать у дедушки, и мы регулярно обменивались письмами. Я не пошла на баскетбольную тренировку, но не могла заставить себя что-нибудь делать и просто сидела на полу, прислонившись к кровати. Мои глаза опухли от слёз. К двери моей комнаты подошла мать и сообщила, что звонит Цугуми, но я попросила сказать ей, что меня нет дома. У меня не было настроения встречаться с ней, и мама, зная её ужасный характер, согласилась с этим. Я вновь забралась в постель, начала перелистывать какой-то журнал и задремала. В это время в коридоре раздался громкий звук шагов, и когда я, открыв глаза, подняла голову, с шумом раздвинулась дверь и в проёме появилась мокрая Цугуми. Она тяжело дышала, и с капюшона её плаща на ковёр падали крупные капли дождя. Широко раскрыв глаза, она произнесла дрожащим голосом:

— Мария!

— Что случилось? — до конца не успев проснуться, испугалась я.

— Ой! Проснись. Страшное дело! Посмотри на это, — сказала она агрессивно.

Из кармана плаща Цугуми осторожно достала листок бумаги и протянула мне. Я в растерянности взяла его, удивлённая тем, что Цугуми ведёт себя так требовательно. Но как только я взглянула на листок, мне мгновенно показалось, будто я очутилась в центре яркого луча прожектора.

Энергично написанные на листке иероглифы, несомненно, принадлежали руке моего дедушки. И письмо начиналось, как все его письма ко мне:

Мария, моё сокровище,
до свидания.

Береги свою бабушку, отца и маму. Расти прекрасной девушкой, достойной имени Девы Марии.

Рюдзо

Я была в шоке. На какое-то мгновение образ дедушки предстал перед глазами, я увидела его прямую спину, как он обычно сидел за столом, и моя душа затрепетала. Затем я резко спросила:

— Что это такое?

Цугуми в упор смотрела на меня, её ярко-красные губы дрожали. Затем она серьёзно ответила страстным голосом, будто произносила молитву:

— Можешь ли ты в это поверить? Это лежало в «Почтовом ящике привидения».

— Что? Как такое может быть?

Я полностью забыла о том старом ящике, но сейчас он мгновенно воскрес в моей памяти. Цугуми понизила голос до шёпота:

— Послушай, я значительно ближе к смерти, чем все остальные, поэтому могу чувствовать подобные вещи. Я легла в постель раньше обычного, и дедушка пришёл ко мне во сне. Даже когда я проснулась, то продолжала чувствовать что-то необычное. Похоже, что он что-то хотел сказать. Когда я была ребёнком, он меня часто баловал, и я чувствую себя обязанной ему. Дело в том, что ты тоже была в моём сне и дедушка, кажется, хотел поговорить с тобой, он ведь больше любил тебя, правда? Затем меня как будто ударило. Я пошла и заглянула в почтовый ящик… Ты при жизни дедушки говорила ему о «Почтовом ящике привидения»?

— Нет. — Я покачала головой. — Думаю, что нет.

— В таком случае это просто ужасно. — Помолчав, она мрачно сказала: — Значит, этот «почтовый ящик» действительно посещает привидение.

Плотно сложив ладони, она поднесла их к груди и закрыла глаза. Похоже, Цугуми вновь вспоминала, как бежала под дождём к «почтовому ящику». Шум дождя эхом отдавался в темноте ночи. Я стала терять чувство реальности, и меня всё больше захватывали ночные события. Всё, что произошло до этого, смерть и жизнь, казалось, погружалось в водоворот таинственности, где царствовали другие истины и всё было наполнено тревожной тишиной.

— Мария, что же нам делать? — спросила Цугуми. Её лицо было страшно бледным, и она жалобно смотрела на меня.

— Во всяком случае... — сказала я твёрдо, но на мгновение замолкла, глядя на совсем растерявшуюся Цугуми, как будто она не могла перенести то, что случилось. — ...не говори об этом никому ни слова. Но самое важное для тебя — вернуться домой, согреться и лечь в постель. Может, сейчас и весна, но на улице идёт дождь, и я уверена, что у тебя завтра будет температура. Ступай и переоденься во что-нибудь сухое. Мы можем поговорить об этом через день или два.

— Хорошо, я так и сделаю. — Цугуми быстро встала. — Значит, я иду домой.

— Цугуми, спасибо, — сказала я ей вслед.

— Не за что. — Сказав это, она, не оборачиваясь, вышла из комнаты, не закрыв за собой дверь.

Уже сидя на полу, я несколько раз перечитала письмо. На ковёр одна за другой падали слёзы. Мою грудь наполнила сладостная святая теплота, подобная той, которую я испытывала рождественским утром, когда дедушка будил меня словами: «Здесь, кажется, подарок от Санта-Клауса» — и я находила около подушки сверток. Чем больше я перечитывала письмо, тем меньше было шансов, что остановится поток моих слёз. В конце концов я уткнулась лицом в письмо и зарыдала.

Итак, кто верит, тот верит.

Но даже я испытывала сомнения. Ведь его нашла Цугуми.

Однако эта прекрасная каллиграфия. Этот почерк. Начало письма — «моё сокровище», которое знали только я и дедушка. Промокшая насквозь Цугуми, её проницательный взгляд, тон её голоса. Что ещё? С совершенно серьёзным лицом она говорила вещи, которые раньше были только предметом её насмешек. *Я ближе к смерти, чем вы все...* Да, это был хороший розыгрыш.

Финал состоялся уже на следующий день.

Я пошла к Цугуми, чтобы расспросить её более подробно о письме, но не застала дома. Поднявшись в комнату, я ждала её там, когда старшая сестра Цугуми Ёко принесла мне чай.

— Цугуми сейчас в больнице, — грустно сказала она.

Ёко была невысокого роста и немного полновата. Она всегда говорила тихо, певуче. Как бы Цугуми ни вела себя с ней, Ёко никогда не сердилась, и только лицо принимало грустное выражение. Цугуми смеялась над ней и говорила: «Это тупица, а не сестра». А я очень любила и уважала Ёко, считая, что она заслуживает называться ангелом, ибо, живя с Цугуми, не утратила способности весело смеяться.

— Цугуми плохо себя чувствует? — с беспокойством спросила я, думая, что во время дождя ей не следовало выходить на улицу.

— Вообще-то нет. В последнее время она ушла с головой в работу, что-то пишет, и температура…

— Она что?! — закричала я и перевела взгляд с растерянной Ёко на полку над столом Цугуми. Там я увидела «Пособие по скорописи», много писчей бумаги, тушь, тушечницу, кисточку и в довершение всего письмо дедушки, видимо украденное у меня. Я была скорее потрясена, чем разгневана.

Что заставило её зайти так далеко? Сколько упорства и усилий надо было проявить Цугуми, которая никогда не умела правильно держать кисточку, чтобы так искусно подделать это письмо! Я никак не могла понять, зачем она это сделала и с какой целью. Комната была залита светом весеннего солнца. Ошеломлённая, я повернулась к окну и, глядя на сверкающее море, глубоко задумалась. Ёко только собиралась спросить, в чём дело, как открылась дверь и вошла Цугуми.

Её лицо было красное от жара, и она шла нетвёрдой походкой, опираясь на руку тёти Масако. Войдя в комнату и увидев выражение моего лица, Цугуми ухмыльнулась:

— Разоблачила?

Из-за гнева и стыда мое лицо мгновенно стало пунцовым. Затем, вскочив на ноги, я неожиданно изо всех сил толкнула Цугуми.

— Ой, Мария! — с изумлением закричала Ёко.

Цугуми с глухим звуком ударилась о раздвижную дверь, свалив её, потеряла равновесие и упала, стукнувшись о стену.

— Мария, Цугуми сейчас... — начала тётя Масако.

— Замолчите, пожалуйста, — сказала я, задыхаясь от слёз, и с ненавистью продолжала смотреть на Цугуми. Я была настолько разгневана, что даже Цугуми не нашлась что сказать, к тому же её ещё никто никогда не сбивал с ног.

— Если у тебя только и есть время для таких дрянных дел, — возмутилась я, бросив изо всех сил «Пособие по скорописи» на ковёр, — то умри лучше сейчас.

В этот момент Цугуми поняла, что, если она не ответит мне, я навсегда порву с ней отношения, что я в действительности и собиралась сделать. Оставаясь в том же лежачем положении, она ясным взглядом посмотрела мне прямо в глаза и затем почти шёпотом произнесла слова, которые за свою жизнь никогда и ни при каких обстоятельствах не произносила:

— Мария, прости меня.

Тётя Масако, Ёко и прежде всего я были повергнуты в изумление. Все трое, затаив дыхание, не могли вымолвить ни слова. Чтобы Цугуми попросила прощения — это было немыслимо! И мы будто остолбенели в падающих в комнату лучах солнца. Был слышен только далёкий шум ветра, который гулял по послеполуденному городу.

— Ха, ха, ха... — смех Цугуми внезапно разорвал тишину комнаты. — Ты всё-таки поверила, Мария! — трясясь от смеха, выпалила она. — А как насчёт здравого смысла?! Разве умерший человек может написать письмо? Как это может произойти?

И Цугуми, держась за живот, продолжила смеяться не сдерживаясь.

Заразившись ее смехом, я улыбнулась и, покраснев, сказала:

— Ну что ж, я признаю себя побеждённой.

Затем в присутствии тёти Масако и Ёко мы пересказали наш разговор, который состоялся в дождливый вчерашний вечер, и ещё раз вдоволь посмеялись.

Так что после этого случая я и Цугуми, хорошо это или плохо, стали действительно близкими подругами.

Весна и сёстры Ямамото

В начале этой весны мой отец и его прежняя жена получили официальный развод, и отец сообщил, что мы с мамой можем переезжать в Токио. К тому времени я уже сдала вступительные экзамены в Токийский университет, так что мы ожидали одновременно двух звонков: один от отца, а второй из университета с сообщением о зачислении. Нечего и говорить о том, что в это время мы обе трепетали от каждого звонка, и Цугуми как раз в эти дни часто звонила мне просто без повода, чтобы только сказать «хэлло» или спросить, нет ли новостей из университета, хотя прекрасно знала, что действует этим мне на нервы. Но так как находились я и мама всё время в приподнятом настроении, мы могли реагировать на них достаточно дружелюбно: «А, это ты, Цугуми?» — и тому подобное.

Я и мама были переполнены радостным ожиданием предстоящего переезда в Токио, и это было подобно чувству, которое испытываешь, когда тает зимний снег.

Мама, хотя и с удовольствием работала в гостинице «Ямамотоя», в действительности долгое время только и ждала этого дня. Со стороны не было заметно, что она особенно страдает, своим поведением она сводила к минимуму горечь ожидания, и мне казалось, что её хорошее настроение поддерживало отца в стремлении создать новую семью и не вызывало желания отказаться от нас. Моя мать не была сильным человеком, но и слабой не выглядела. Я часто слышала, как она жаловалась тёте Масако на свою судьбу, но делала это с улыбкой и таким тоном, что её жалобы звучали не слишком серьёзно. Поэтому тётя Масако, не зная, как ей на них реагировать, только кивала, а иногда даже улыбалась.

Однако, как бы хорошо ни относились к маме окружающие, это не меняло её положения иждивенки-любовницы, у которой не было будущего, и, несомненно, в глубине души, устав от такой неопределённости, она не раз испытывала тревогу, которая была причиной её слёз.

Я подозревала о подобных настроениях мамы и, видимо, поэтому выросла, незаметно миновав тот возраст, которому свойственно бунтарское поведение. И этот приморский городок, в котором мы вдвоём провели столько лет, ожидая отца, научил меня многому.

Приближалась весна, и с каждым днём становилось всё теплее. При мысли, что мы отсюда скоро уедем, старые коридоры гостиницы «Ямамотоя», её горящая вечерами вывеска, притягивающая своим светом тысячи насекомых, окружающие нас горы, видневшиеся за шестами для сушки белья, на которых пауки сплели паутину, — все эти привычные для глаза повседневные картинки стали выглядеть как-то по-другому и оставили более отчётливый след в моей душе.

В последнее время я каждое утро гуляла по берегу в сопровождении соседской собаки породы акита, которой дали не вызывающее особых эмоций имя Пуч. При ясной погоде море казалось особенно красивым и набегающие волны, переливаясь в лучах восходящего солнца миллионами сверкающих звёзд, вызывали своей холодной красотой священное чувство недоступности. Я обычно садилась на край дамбы и любовалась морем, а Пуч радостно бегал по всему берегу, с удовольствием принимая ласки рыбаков.

Не помню точно когда, но к нашим прогулкам присоединилась Цугуми, что для меня было большой радостью. В прошлом, когда Пуч был ещё щенком, Цугуми над ним жестоко издевалась, и кончилось это тем, что он неожиданно цапнул её за руку. Я помню эту сцену, когда Ёко, тётя Масако, мама и я как раз собирались обедать, и едва тётя Масако успела спросить, а где же Цугуми, как та вошла в комнату с окровавленной рукой.

— Что случилось?! — закричала, вскочив, тётя Масако, на что Цугуми хладнокровно ответила:

— Вскормила змею на своей груди.

Это прозвучало настолько комично, что я, Ёко и мама невольно прыснули от хохота. С тех пор Пуч и Цугуми невзлюбили друг друга, и каждый раз, когда Цугуми пользовалась задней калиткой, Пуч заливался таким лаем, что мы волновались, как бы это не причинило беспокойства постояльцам гостиницы.

Будучи в хороших отношениях и с Цугуми, и с Пучем, я переживала из-за их вражды и была рада, когда они помирились ещё до моего отъезда.

Если не было дождя, Цугуми присоединялась к нам. Утром, услышав, как я открываю ставни, Пуч возбуждённо выскакивал из своей будки, гремя железной цепью. Я быстро умывалась, переодевалась для прогулки и бежала к нему через калитку между гостиницей и задним двором соседей. Успокоив прыгающего Пуча, я снимала с него цепь и пристёгивала к ошейнику кожаный ремешок. Когда мы возвращались через калитку, нас уже ждала Цугуми. Поначалу прогулки проходили достаточно мрачно, так как Пуч недовольно ворчал, а Цугуми, опасаясь в глубине души нападения с его стороны, была несколько подавленной. Однако, постепенно привыкнув, Пуч даже стал позволять ей вести себя на поводке. Было приятно смотреть, как Цугуми, удерживая Пуча, радостно покрикивала: «Не торопись!» — и я решила, что Цугуми действительно хочет подружиться с Пучем.

Но я всё же не спускала с них глаз, ибо, когда Пуч начинал бежать слишком быстро, Цугуми неожиданно так сильно дёргала за поводок, что он был вынужден становиться на задние лапы. Нельзя было допустить, чтобы мы загубили собаку соседей.

Для Цугуми подобные прогулки были очень полезны. После того как она присоединилась к нам, я наполовину сократила дистанцию, хотя всё равно испытывала тревогу, но, увидев, что цвет её лица улучшился и температура не повышалась, несколько успокоилась.

Одна из прогулок мне особенно запомнилась. В этот день небо было совершенно безоблачным и его цвет почти сливался с голубой поверхностью моря. Посередине пляжа возвышалась деревянная платформа в виде дозорной башни. Летом во время купального сезона на ней дежурили спасатели. Мы с Цугуми взобрались на неё, а Пуч бегал внизу, с завистью поглядывая в нашу сторону, а затем, убедившись, что ему не удастся подняться к нам, бросился бежать вдоль берега. Цугуми сердито закричала ему вслед: «Так тебе и надо», а Пуч в ответ громко гавкнул.

— Зачем ты так на него кричишь? — в изумлении спросила я.

— Разве мыслимо, чтобы эта чёртова скотина понимала человеческую речь? — смеясь, ответила Цугуми и перевела взгляд на море.

Тонкая прядь волос упала на лоб Цугуми, после подъёма на платформу её лицо покраснело от напряжения и под кожей были видны голубые жилки вен. Её глаза ярко сверкали, отражая блеск моря.

Я тоже перевела взгляд на море.

Море обладает поразительной притягательной силой. Двое могут смотреть на него, не замечая, молчат они или разговаривают. И это никогда не может наскучить. И сколь бы ни был громким рёв волн, и каким бы бурным ни было море, оно никогда не могло надоесть. Я не могла себе представить, что мне предстоит переезд туда, где нет моря, и испытывала в связи с этим поразительное беспокойство. В хорошие или тяжёлые минуты, в нестерпимую жару или в зимний холод, когда идёшь в храм для встречи Нового года под усыпанным звёздами небом, море всегда было здесь, рядом, такое же, как всегда. Была ли я маленькой или уже выросла, умирала ли в соседнем доме старая женщина или рождался ребёнок в доме врача, шла ли я на первое свидание или переживала потерянную любовь, море всегда опоясывало город, и его волны непрерывно набегали на берег или отступали вдаль.

При ясной погоде был отчётливо виден противоположный берег залива, и казалось, что если не давать волю своим чувствам, то море тебя обязательно чему-нибудь научит.

Именно поэтому до сих пор я практически не задумывалась о важности его существования и часто не обращала внимания на постоянный шум набегающих волн. Но теперь я стала задаваться вопросом: к чему же обращаются живущие в городе люди, чтобы сохранить своё душевное равновесие? Вероятно, к луне. Но она по сравнению с морем такая маленькая и находится так далеко.

— Цугуми, мне как-то не верится, что я смогу жить там, где нет моря, — невольно сказала я. Выразив словами внутренние мысли, я почувствовала ещё большее беспокойство. Утреннее солнце светило ярче и сильнее, вдали просыпался город, и оттуда было слышно всё больше разнообразных звуков.

— Ты дурочка, — неожиданно сказала Цугуми сердито, продолжая смотреть в сторону моря. — Когда что-то приобретаешь, то, несомненно, что-то и теряешь. Ты наконец сможешь счастливо жить с родителями, не так ли? Прежнюю жену прогнали. По сравнению с этим какое значение имеет море? Ты ещё просто ребёнок.

— Видимо, так и есть, — ответила я.

В душе я даже удивилась, что Цугуми столь серьёзно среагировала на моё замечание, и от этого моё беспокойство почти мгновенно улетучилось. Возможно, это означало, что сама Цугуми что-то приобретала и что-то теряла, но она все свои чувства крепко держала при себе, и понять, что происходит в её сердце, было очень трудно. И тут я неожиданно осознала, что Цугуми, видимо, живёт, скрывая от нас всё, что происходит у неё в душе.

———

Вот так я и жила, готовясь к расставанию с родными местами. Встречалась со своими друзьями из средней школы, которых давно не видела, и с мальчиком из старших классов высшей школы, с которым одно время дружила, и рассказывала всем о своём предстоящем отъезде. Думаю, что я брала в этом пример с моей мамы, которая, возможно из-за своего длительного положения в качестве возлюбленной отца, внимательность проявляла к отношениям с другими людьми. Что касается меня, то я бы хотела красиво уехать, никому не объявляя об этом. Однако мама обошла всех живших поблизости соседей, стремясь показать, как ей грустно расставаться с ними, и весть о нашем отъезде быстро распространилась по всему маленькому городу. Поэтому и мне пришлось изменить свои первоначальные планы и повстречаться со всеми, с кем я близко общалась в этом городе.

Понемногу мы стали собирать домашние вещи. Это было радостное и в то же время бередящее душу занятие, которое вело к неизбежному, но отнюдь не печальному, а естественному расставанию с прошлым. И если я вдруг отвлекалась от этого занятия, то мною овладевала не горькая мысль о предстоящем отъезде, а волнующее чувство неизбежной перемены, которую нельзя остановить, подобно набегающим на берег волнам.

Сестра Цугуми Ёко и я подрабатывали в кондитерской, которая была известна тем, что только здесь изготавливали европейские пирожные. (Не слишком ли они гордились этим?)

В этот вечер я пошла за своей последней зарплатой и специально приурочила это к окончанию вечерней смены, в которую работала Ёко. Как и надеялась, мы получили оставшиеся непроданными пирожные, разделили их поровну и вместе возвращались домой. Ёко положила оба свертка с пирожными в велосипедную корзиночку и вела его, придерживая рукой, а я шла рядом. Дорога в гостиницу, покрытая мелкой галькой, тянулась вдоль реки и поворачивала в сторону моря. Вскоре перед нами вырос большой мост. Луна и уличные фонари ярко освещали берег реки и поручни моста.

— Посмотри, сколько там цветов! — Неожиданно закричала Ёко, показывая на колонию белых цветков, распустившихся под мостом, на участках берега, не залитых бетоном.

Чётко выделяясь в окружающей темноте, цветы медленно покачивались от лёгких дуновений ночного ветра, и казалось, что всё это происходит не наяву, а в каком-то полусне. Рядом спокойно и величаво текла река, а далеко впереди дышало море, на поверхности которого мерцала узкая дорожка лунного света, окружённая тёмной массой воды.

«Такую величественную картину уже скоро я не смогу увидеть», — подумалось мне, но я не стала выражать эти мысли вслух, чтобы ещё больше не усиливать грустное до слёз настроение Ёко. На какое-то время мы даже остановились.

— Как красиво, — вымолвила я, на что Ёко только слегка улыбнулась.

Длинные волосы ниспадали ей на плечи, и, хотя по сравнению с Цугуми она не выглядела броско, черты её лица были более благородными. Несмотря на то что обе сестры выросли около моря, их кожа была почему-то белой, а в ярком свете луны лицо Ёко казалось даже бледным.

Вскоре мы вновь двинулись в сторону дома. Я представила себе, как пирожные, находящиеся в велосипедной корзине, будут дружно съедены четырьмя женщинами. Я и Ёко войдём в ярко освещённую комнату, пахнущую татами, где моя мама и тётя Масако будут смотреть телевизор. Цугуми начнёт опять ругаться: «Мне уже надоело есть бесплатные пирожные, которые вы приносите». — И, взяв три любимых ею, выйдет. Цугуми всегда вела себя так, ибо, как она выражалась, «до тошноты не любила уютную семейную атмосферу».

Вскоре мы свернули на дорожку, откуда уже не было видно моря, но шум волн всё ещё доносился до нас, и свет луны продолжал освещать наш путь. Впереди виднелись только покосившиеся крыши домов.

Хотя мы знали, что дома нас ждёт радостный приём, но продолжали идти в каком-то подавленном настроении, которое, вероятно, было вызвано тем, что я в этот день ушла с работы. Грусть предстоящего расставания после стольких лет дружбы, казалось, звучала в нас еле слышной мелодией, и я вновь подумала о характере Ёко, мягкость которого была подобна лучам солнца, просвечивающим сквозь тонкие лепестки цветов.

Но со стороны всё выглядело совсем не так, ибо мы шли, весело болтая о разных глупостях. Мне очень хотелось, чтобы о том вечере остались только радостные воспоминания, но, когда позже я мысленно возвращалась к нему, в памяти всплывали только темнота ночи, столбы уличных фонарей и контейнеры с мусором. Видимо, это так и было.

— Мария, ты сказала, что придёшь как раз перед закрытием, и я всё гадала, отдаст ли нам хозяин оставшиеся пирожные. Я очень рада, что он так и сделал, — ликовала Ёко.

— Да, это так. Иногда оставались пирожные, но он нам их не предлагал, а иногда всё распродавали. Так что в этот раз нам повезло, — сказала я.

— Доберемся до дома и все вместе съедим пирожные, — рассмеялась Ёко, повернув ко мне своё светящееся добротой лицо.

Я вспоминаю, что, как бы это ни выглядело бессердечно, я в отчаянии выпалила:

— Я очень, очень хочу, чтобы мне досталось яблочное пирожное, прежде чем их все заберёт Цугуми. Она ведь так любит яблочные.

— В одной из коробок лежат только яблочные пирожные, поэтому её можно и не показывать Цугуми, — вновь рассмеялась Ёко.

Ёко была настолько разумной, что спокойно могла воспринимать чужие капризы, подобно тому как песок вбирает в себя воду. Это качество было воспитано окружающей её обстановкой.

Среди моих школьных подруг было несколько, которые, подобно Ёко, выросли в семьях владельцев гостиниц. Все они были разными по характеру, но в них было что-то общее в отношениях с другими людьми, и это общее проявлялось приветливостью и вместе с тем сдержанностью. Видимо, накладывала отпечаток обстановка, в которой они росли, когда в их дом постоянно приезжали и уезжали разные люди, и они незаметно для самих себя научились не испытывать особых эмоций по отношению к чужим, тем, с которыми им рано или поздно предстояло расстаться.

Я не была «гостиничным» ребёнком, но выросла рядом и ощущала, что где-то во мне тоже есть такое чувство, которое помогало избежать горечи расставаний.

Однако, что касается расставаний, Ёко сильно отличалась от нас всех.

В детстве, когда горничные убирали комнаты, мы с Ёко бегали по всей гостинице, и часто с гостями, которые долго в ней проживали, устанавливались дружественные отношения. Нам даже доставляло удовольствие обмениваться приветствиями с теми, которых мы знали только в лицо. Среди проживающих встречались и неприятные люди, но больше было приветливых, которые создавали вокруг себя оживленную атмосферу и пользовались уважением среди поваров и служащих гостиницы, часто становясь предметом их обсуждения. Когда приходило время отъезда, они паковали свои вещи, садились в машину и уезжали, помахивая на прощанье рукой. И ставшие пустыми комнаты уже выглядели по-другому, хотя полуденное солнце продолжало так же ярко светить в их окна. Они, наверное, вновь приедут на следующий год, но следующий год казался таким далёким и абстрактным. На их место приезжали новые гости, всё повторялось.

С окончанием сезона и приходом осени число гостей резко сокращалось, и я заставляла себя быть бодрой и весёлой, чтобы преодолеть возникшее чувство одиночества. Однако Ёко всегда была в подавленном состоянии, и, когда она находила что-нибудь забытое ребёнком, с которым у неё сложились хорошие отношения, слёзы лились у неё из глаз. У большинства людей подобный настрой занимал небольшое место в их душе, и, я думаю, любой мог заставить себя сконцентрировать своё внимание на чём-то другом, а тот, кто действительно был настолько сентиментальным, что испытывал чувство одиночества, научился преодолевать его. Однако с Ёко всё было как раз наоборот. Она бережно сохраняла и лилеяла в себе такие чувства и, по-моему, не хотела с ними расставаться.

Как только мы завернули за угол, сквозь листву деревьев замаячила светящаяся вывеска гостиницы «Ямамотоя». Каждый раз, когда я видела эту вывеску и длинный ряд окон гостевых комнат, чувства облегчения и спокойствия овладевали мной. И не имело значения, много ли было в этот момент гостей и все ли окна были освещены, даже если гостиница пустовала — я всё равно испытывала ощущение, что меня здесь радушно встретят. Мы обычно входили в дом со стороны кухни, открывали скользящую дверь главного здания, и Ёко объявляла, что мы вернулись. В это время моя мать, как правило, была ещё там и пила зелёный чай в гостиной. Расправившись с пирожными, все расходились по комнатам, а мы с мамой отправлялись в наш флигель. Так было почти всегда.

Когда в этот раз, прежде чем войти в дом, мы, как обычно, снимали обувь, я вспомнила, что хотела сделать Ёко подарок.

— Я подумала, — обратилась я к Ёко, — что лучше отдам тебе весь альбом с той пластинкой, которую ты просила меня записать. Я могу сходить и принести его сейчас.

— Будет нехорошо брать у тебя целый альбом. В него же входят две пластинки. Хватит того, что ты перепишешь мне только одну, — сказала поражённая Ёко.

— Нет, нет. Не возражай. Я всё равно хотела оставить его здесь, и, взяв его, ты мне только поможешь. — Я осознала, что мне не следовало говорить об этом сейчас, но уже не могла остановиться. — Считай, что это прощальный подарок от меня. Когда я буду его тебе передавать, то так и назову это прощальным подарком.

Я взглянула на Ёко, которая в этот момент накрывала чехлом велосипед около крыльца. Её голова была опущена, щёки покраснели, и в глазах, похоже, стояли слёзы. Это были искренние слёзы, и я не знала, как на них реагировать, поэтому сделала вид, что не замечаю их. Не поворачиваясь, я вошла в дом и поторопила её:

— Быстрее, пора есть пирожные.

Ёко шмыгнула носом и, подавляя рыдания, сказала:

— Я сейчас приду.

Думаю, она и не подозревала, что все давно знают, как легко она может расплакаться.

В течение десяти лет я пребывала под защитой огромного покрывала, сотканного из множества отдельных кусков. Если из-под него не вылезать, то невозможно понять, какую теплоту оно дает, окутывая тебя. И только когда вторично не сможешь спрятаться под его покровом, ты по-настоящему понимаешь, чего лишился. Для меня это покрывало состояло из моря, города, семьи Ямамото, матери и далеко живущего отца. Это всё вместе и окутывало меня в то время.

Сейчас я наслаждаюсь жизнью и вполне счастлива, но иногда меня одолевают невыразимо грустные воспоминания о времени, которое я провела в том приморском городе. И в этот момент у меня перед глазами всплывают две сцены: Цугуми, играющая на берегу с собакой, и улыбающаяся Ёко, ведущая свой велосипед по ночной дороге.

Жизнь

С тех пор как мы стали жить в Токио втроём, отец каждый вечер приходил домой в таком приподнятом настроении, чтс это сразу создавало радостную атмосферу. Он всегда приносил с собой суси, пирожное или ещё что-нибудь, и когда с улыбкой на лице открывал дверь и громко оповещал о своём приходе, меня даже охватывало беспокойство: способен ли он сконцентрироваться на своей работе в фирме, если столько душевных сил расходует на нас? В субботу и воскресенье он водил нас по лучшим магазинам и ресторанам или сам с удовольствием готовил еду дома. Однажды он превратился в столяра и за одно воскресенье соорудил красивые полочки на моём столе, хотя я ему и говорила, что этого не нужно делать. В общем, он вёл себя как «домашний папа, который пришёл слишком поздно». Однако его энтузиазм помог устранить чувство небольшого беспокойства, которое накопилось за эти годы в отношениях между нами, и мы стали жить настоящей семьей.

Однажды вечером отец позвонил и грустным голосом сказал, что вынужден задержаться на работе. Когда он вернулся, мама уже легла спать, а я писала на столе в кухне-столовой эссе и одновременно смотрела телевизор. Увидев меня, он радостно спросил:

— Ты ещё не спишь? А мама уже легла?

— Да, — ответила я. — На ужин есть только суп мисо и рыба. Будешь есть?

— Прекрасно, — ответил он и, пододвинув стул, снял пиджак и сел напротив меня.

Я зажгла газ под кастрюлей с супом и поставила тарелку с рыбой в микроволновку. Вечерняя кухня сразу оживилась. Неожиданно отец сказал:

— Мария, ты будешь есть сэмбэй?

— Что? — Обернувшись, я увидела, как он осторожно достаёт из портфеля завёрнутые в бумагу две порции сэмбэя и кладёт на стол.

— Одна порция для мамы.

— А почему только две? — удивилась я.

— Сегодня к нам в фирму приходил посетитель и принёс это в качестве подарка. Я попробовал один, и он оказался очень вкусным. Поэтому два других я принёс вам. Это действительно очень вкусно, — без смущения объяснил отец.

— Тебе никто не сказал, что ты как мальчик взял это тайком, чтобы покормить дома собаку? — рассмеялась я.

Я представила себе, как взрослый мужчина потихоньку от всех укладывает в портфель две порции сэмбэя, чтобы отнести их домой.

— В Токио овощи никуда не годятся и рыба тоже невкусная. Единственное, чем могут здесь гордиться, так это сэмбэем, — сказал отец, с удовольствием поедая подогретый мною суп.

Я достала из микроволновки рыбу и поставила перед ним.

— Ну-ка, попробую, — сказала я, сев за стол.

Я ощущала себя иностранкой, впервые взявшей в руки сэмбэй. Однако, откусив первый кусок, почувствовала, как мой рот заполняет горьковатый запах соевого масла, и это было очень приятно. Когда я сказала об этом отцу, он удовлетворённо кивнул.

Вспоминаю, как однажды, вскоре после нашего с мамой приезда в Токио, я случайно увидела отца, возвращавшегося с работы. Я только что вышла из кинотеатра и стояла у светофора. Небо было безоблачным, и заходящее солнце освещало тёмные окна окружающих зданий, которые, как зеркала, отражали всё происходящее вокруг. Был конец рабочего дня, и на перекрёстке рядом со мной собралась небольшая толпа мужчин и женщин с усталыми лицами. Некоторые разговаривали между собой с таким видом, будто не знали, куда им направиться после работы. Те, кто молчал, выглядели хмурыми.

Неожиданно моё внимание привлёк мужчина, который шёл по другой стороне улицы, и это был не кто иной, как мой отец. Мне показалось странным, что он, как и все другие, шёл с непривычно суровым выражением лица. Дома оно проступало только тогда, когда он начинал дремать перед телевизором. Я с большим интересом наблюдала за «публичным выражением лица» моего отца. В этот момент из здания, где находилась папина фирма, выбежала женщина и громко позвала его. В руке она держала пакет, в котором, видимо, находились какие-то документы. Отец обернулся и, судя по его улыбке, сказал что-то вроде: виноват, виноват. Запыхавшаяся женщина передала ему пакет, поклонилась и вернулась в здание. А отец быстрыми шагами направился к станции метро. В это время сменился сигнал светофора, и поток людей двинулся на другую сторону улицы. Я заколебалась было: а не попытаться ли мне догнать отца, но поняла, что уже опоздала, и, глубоко задумавшись, осталась стоять на темнеющей улице.

Этот небольшой эпизод с забытым пакетом дал мне возможность подсмотреть маленький кусочек жизни моего отца, которую он вёл до нашего приезда. А это была долгая, долгая жизнь. Те годы и месяцы, которые мы с мамой прожили в приморском городке, отец всё время дышал токийским воздухом, ссорился со своей прежней женой, работал, добивался успехов, питался, что-то забывал, как это было сейчас, иногда вспоминал обо мне и маме, которые жили в далёком городе. Этот город, который для меня и мамы был местом жительства, для отца, видимо, был только местом отдыха в субботу и воскресенье. Возникало ли у него желание отказаться от нас? Я думаю, что, определённо, возникало. Конечно, он никогда не обмолвится об этом в нашем присутствии, но иногда в глубине души он, должно быть, думал, что всё это требует слишком больших усилий, которые вряд ли того стоят.

Однако, как это ни странно, мы разыграли сценарий, в котором превратились в «типичную счастливую семью». Каждый бессознательно стремится не показывать неприятные чувства, которые могут спать в глубине его души. Жизнь — это игра, думала я. Хотя слово «иллюзия» означает почти то же самое, но слово «игра» было мне ближе. Всё это вихрем пронеслось в моей голове, когда я стояла в тот вечер на пустеющей улице. Каждый человек прячет в своём сердце и хорошее, и плохое, но он один несёт в себе тяжесть всего этого и стремится, насколько возможно, быть добрым к тем, кого любит.

— Отец, не перенапрягайся, иначе можешь перегореть, — сказала я.

Отец поднял голову и растерянно посмотрел на меня.

— Не перенапрягайся? Что ты имеешь в виду?

— Я имею в виду то, что ты рано возвращаешься домой, покупаешь подарки, покупаешь мне платья. Если ты будешь делать слишком много, то это тебя быстро утомит.

— Что ты там перечислила последним? Я не покупал тебе одежду, — рассмеялся он.

— Но я надеюсь, — в свою очередь рассмеялась я.

— Перегореть. Что это такое?

— Это означает, что тебе быстро надоест семья, ты начнёшь гулять на стороне, пить саке, ворчать на нас.

— Может, когда-нибудь это и случится, — отец вновь рассмеялся. — Но ты знаешь, сейчас я прилагаю все усилия, чтобы создать новую жизнь с тобой и твоей мамой. Сколько лет я ждал момента жить так, как хочу, и теперь наконец наслаждаюсь этим. Я знаю, что есть люди, которые любят жить только ради себя и получают от этого удовольствие. Но твой отец не такой. Он предпочитает спокойную и мирную жизнь в кругу семьи. Поэтому с прежней женой у нас не сложились отношения. Она не любила детей, ей нравилось проводить время вне дома, она не умела вести домашнее хозяйство. Конечно, подобные люди, естественно, существуют, но я мечтал о дружной семье, когда можно с удовольствием каждый вечер вместе смотреть телевизор, а по воскресеньям, как бы это ни было обременительным, совершать совместные поездки. За то долгое время, когда я жил вдали от вас, и вспоминая одиночество тех дней, я понял, насколько это важно — иметь рядом с собой близких и искренних людей. Конечно, когда-нибудь моё отношение к вам может измениться, и, возможно, вам это будет очень неприятно, но это тоже жизнь. Если настанет час, когда наши сердца вдруг перестанут биться в унисон, то именно для этого момента мы и должны сохранить в себе как можно больше прекрасных воспоминаний.

Отец перестал есть, пока говорил. Тон его голоса был спокойным и звучал как-то отстраненно. Вместе с тем я впервые со времени приезда почувствовала с ним настоящую близость.

— Я думаю, что маму всё ещё многое беспокоит, но она об этом не говорит. Например, она не может забыть место, где так долго жила, — мягко сказал отец.

— Почему ты так думаешь?

— А вот посмотри... — И отец постучал палочками по поданной ему на ужин ставриде. — Последнее время у нас каждый раз на ужин только рыба.

Это было действительно так. Но я промолчала.

Неожиданно отец спросил:

— Вот ты студентка, а каждый вечер проводишь дома. У вас что, не бывает в университете никаких вечеринок и ты не можешь найти там какой-либо работы для получения дополнительного заработка, как это делают другие студенты?

— А почему ты меня об этом вдруг спрашиваешь, как это часто делают в беседах по телевидению? — рассмеялась я. — Дело в том, что я не вхожу в какой либо студенческий клуб, и поэтому у меня немного возможностей посещать дискотеки и тому подобное. Что касается работы, то у меня её сейчас тоже нет.

— Я просто хотел бы хоть однажды спросить, почему ты каждый вечер так поздно возвращаешься домой, — улыбаясь, сказал отец.

Оставшаяся на столе для мамы порция сэмбэя свидетельствовала о счастливой жизни нашей семьи.

Тем не менее я временами до такой степени тоскую по морю, что не могу спать. И ничего нельзя с этим поделать. Иногда на улице Гиндза, где я часто бываю, порыв ветра неожиданно приносит запах солёной морской воды, и тогда мне хочется кричать. И я говорю сущую правду и совсем не преувеличиваю. Всё тело моментально пропитывается этим запахом, и я замираю на месте, не в состоянии даже пошевелиться. Чаще всего в это время стоит хорошая погода, и чистое небо простирается далеко в сторону моря. В такие минуты мне хочется отбросить сумку с пластинками, купленными в магазине «Санъё гакки», и бежать на ту грязную дамбу, о которую плещутся морские волны, и вдыхать полной грудью запах моря, пока всё тело не заполнится им. То, что со мной случается, называют ностальгией, и, как говорят, она постепенно теряет свою остроту.

На днях это произошло, когда я была вместе с мамой и мы только что вышли на широкую многолюдную улицу. Сильный порыв ветра принёс запах моря, который мы сразу почувствовали.

— Запах моря, — вымолвила мама.

— Посмотри, запах идёт оттуда, там морской причал Харуми, — рукой показала я, определив направление ветра.

— Видимо, так, — улыбнулась мама.

Она захотела купить цветов, и мы направились к парку, который прилегал к причалу Харуми. Это был редкий день в период дождливого сезона, когда небо почти расчистилось от постоянно нависающих туч. Мимо прогромыхал автобус, направляющийся к причалу Харуми, и этот звук ещё долго стоял в наших ушах.

Я предложила где-нибудь выпить чаю, прежде чем возвращаться домой.

— Хорошо, только надо поторопиться. Во второй половине дня у меня занятия икебаной. К тому же отец завтра уезжает в командировку, и мне надо заранее приготовить еду, чтобы мы все вместе поужинали, а то он опять будет хандрить, прямо как ребёнок. — Сказав это, мама рассмеялась.

— Это только временно, потом он успокоится, — добавила я.

После того как мама вошла в роль домохозяйки, её лицо округлилось, и его очертания стали мягче, а почти постоянно играющая на губах улыбка говорила, что она наслаждается своей новой жизнью.

— Мария, ты приобрела друзей в университете? Думаю, что приобрела. Тебе часто сейчас звонят. Тебе нравится в университете?

— Конечно нравится. А почему ты спрашиваешь?

— Прежде ты общалась только с Ёко и Цугуми, и я подумала, не одиноко ли тебе в Токио. У нас дома всегда так тихо.

— Да, очень тихо, — согласилась я.

Там же наша жизнь всегда была наполнена обилием разных звуков: постоянные шаги в коридорах гостиницы, звон кастрюль на кухне, шум работающего пылесоса, телефонные звонки. В доме всегда было полно людей, в пять и девять часов Городская ассоциация объявляла через динамики, которые висели повсюду, что детям надо возвращаться домой. Шум волн, свистки паровозов, пение птиц.

— Но ты, наверное, чувствуешь себя более одинокой, чем я, — предположила я.

— Да, ты, видимо, права. Я понимала, что не могу до бесконечности быть у моих родственников на иждивении, и, конечно, я счастлива, что мы с отцом соединились, но и не могу забыть свою жизнь среди множества людей и вырвать из своего сердца шум моря. — Мама приложила пальцы к губам и слегка улыбнулась.

Я была тогда ещё совсем маленькой и поэтому не всё хорошо помню, но то, что вспоминаю, сейчас вызывает у меня улыбку.

Лето. Устав играть с подругами целый день, я после ужина ложусь у столика на татами и, глядя телевизор, погружаюсь в дремоту. Иногда отец с матерью сидят рядом и разговаривают. Я периодически просыпаюсь и продолжаю лежать, уткнувшись в татами и слушая, о чём говорят родители. Отец долго рассказывает, как его жена не соглашается на развод, как он не может позволить себе, чтобы мы вечно продолжали жить в таком месте, и так далее в том же пессимистическом духе. Когда отец был моложе, он мог страдать по любому поводу, и только после встречи с моей матерью его характер стал меняться и, по-моему, изменился очень сильно, так как мама была по натуре оптимистом.

Тогда мама спросила:

— Извини, что значит «жить в таком месте»?

— Ой, это я сказал по инерции. Масако ведь твоя сестра. Однако жить в чужом доме, день и ночь выполнять тяжёлую работу — разве это можно назвать счастьем? — продолжил отец.

Даже я, лёжа к ним спиной, почувствовала, что мамино терпение кончилось. Она не любила потакать сетованиям.

— Хватит уже, замолчи, — с глубоким вздохом сказала мама. — Если ты будешь продолжать всё время жаловаться и ныть, что тебе чего-то не хватает, то этим вгонишь себя в гроб. Ясно тебе?

Эти слова произвели на меня такое впечатление, что я их помню даже сейчас, и они часто в критических ситуациях всплывают в моей памяти.

Помню, как Цугуми сказала:

— Твой отец действительно обычный человек.

Когда она произнесла это с серьёзным видом, мы были в её комнате и переписывали пластинку. Стоял пасмурный день, море было покрыто мелкими барашками. В такие мрачные, серые дни Цугуми немного мягче относилась к окружающим. Тётя Масако однажды сказала, что, когда Цугуми была ещё совсем ребёнком, именно в такой день она чуть не умерла.

— Ты так думаешь? Самый обычный? — переспросила я.

— Нет, он по-своему обычный. Это обычность мальчика. Ты меня поняла? — рассмеялась Цугуми.

Её щёки горели от небольшой температуры, волосы разметались по чистой белой наволочке.

— Очень может быть. А почему ты так думаешь? — поинтересовалась я.

— Он придаёт слишком большое значение мелочам. Несмотря на то что у него слабый характер, он очень гордый, такой же, как ты, только ты не такая слабая. У него, как мне кажется, возникают проблемы, когда он сталкивается с реальностью.

В этом была доля истины, поэтому я не рассердилась, а только сказала:

— Пусть будет так, но он хорошо ладит с моей мамой, не так ли?

— Да, его сердце оттаивает рядом с твоей матерью. А я, лёжа в постели, всё познала, хотя это, может, и звучит странно. Во всяком случае, когда я неожиданно столкнулась с твоим отцом в коридоре гостиницы, он воскликнул: «О, Цугуми-тян, если тебе что-нибудь нужно в Токио, скажи мне, и я куплю всё, что хочешь». Даже такая, как я, ответила на это только улыбкой. — Посмотрев на меня, Цугуми рассмеялась.

Несмотря на наступившую вторую половину дня, в комнате было ещё достаточно светло, тихо играла музыка, и мы молча просматривали журналы. Когда закончилась плёнка, стало совсем тихо, и только раздавался шелест переворачиваемых страниц.

Цугуми.

Расставшись с ней, я стала лучше её понимать. Она применяла различные трюки и вела себя грубо, чтобы не дать другим понять, какая она есть на самом деле. Хотя я при желании могла с кем угодно встречаться и куда угодно поехать, мне казалось, что именно Цугуми, привязанная к своему маленькому городку, стала забывать меня. Это потому, что для Цугуми не было прошлого, для неё оставалось только «сегодня».

Однажды вечером раздался телефонный звонок. Когда я взяла трубку, то услышала голос Цугуми.

— Это я!

Внезапно свет и тени прошлого предстали перед моими глазами. Я громко закричала:

— Ой, как живёшь? Как я рада, что ты позвонила. У вас все здоровы?

— По-прежнему дурацкая атмосфера. Мария, как ты учишься?

Цугуми рассмеялась. Как только она заговорила, расстояние между нами, казалось, мгновенно сократилось и ко мне вернулась моя подруга-сестра.

— Да, учусь.

— Отец ещё не завёл себе любовницу? Говорят, то, что было дважды, будет трижды.

— Нет, не завёл.

— Понятно. Я думаю, моя старуха позже сообщит твоей матери, что весной будущего года мы закрываем гостиницу.

— Что ты говоришь? Гостиницы больше не будет? — удивилась я.

— Да-да. Наш отец задумал вместе со своим приятелем, у которого есть земля, построить пансионат. Такая у них смехотворная мечта. Прямо сказка. И они хотят потом передать его в наследство сестре Ёко. Вот так-то.

— Ты тоже поедешь на новое место?

— Мне всё равно, где умирать, на море или в горах, — безразличным тоном ответила Цугуми.

— Как жаль, что «Ямамотоя» закрывается, — огорчилась я. Я представляла себе, что мои родственники будут вечно жить в этом городе.

— Во всяком случае, ты ведь во время летних каникул свободна? Приезжай погостить. Будешь жить в гостевом номере гостиницы, мы будем кормить тебя лучшими сасими, как говорит мама.

— Да, конечно приеду.

Перед моими глазами поплыла панорама города, внутренние помещения гостиницы, как будто спроецированные на экран старой цветной восьмимиллиметровой камерой. В хорошо знакомой мне маленькой комнате лежит

Цугуми и держит в своей тонкой руке телефонную трубку.

— Значит, решено. Подожди, не вешай трубку. Мама хочет поговорить с твоей. Она уже поднялась по лестнице. Всего хорошего, — поспешно сказала Цугуми.

— Сейчас я позову маму, — успела ответить я.

Вот так и случилось, что я провела последнее лето в гостинице «Ямамотоя».

Чужая

Почему так происходит?

Когда теплоход входит в порт, у меня всегда, даже в прошлом, возникает смутное чувство, что я здесь чужой человек. Что-то подобное закрадывалось в душу даже тогда, когда я уезжала на экскурсию, а потом на этом же теплоходе возвращалась назад. По необъяснимой причине я всегда ощущала, что откуда-то сюда приехала и что рано или поздно должна буду вновь покинуть город.

Я думаю, что когда ты находишься в море и видишь удаляющиеся причалы, подёрнутые дымкой, то начинаешь отчётливо понимать, что теперь можешь полагаться только на себя и что уже не принадлежишь тому месту, которое только что оставил.

День клонился к вечеру. Волны ослепительно сверкали в лучах заходящего солнца, и там впереди под оранжевым небом уже можно было различить пристань, которая вставала из воды, как мираж в пустыне. Из старого динамика на корабле раздались звуки музыки, и капитан объявил название приближающегося города. На палубе, видимо, было ещё очень жарко, но в каюте был включён кондиционер, и я даже замёрзла.

Всю дорогу на скоростном поезде до посадки на теплоход я была в возбуждённом, радостном настроении, но в море от небольшой качки вскоре задремала, а когда проснулась, то почувствовала, что возбуждение улеглось. Сквозь забрызганные морской водой стёкла иллюминатора было видно, как хорошо знакомый и любимый берег становится всё ближе и ближе.

Раздался гудок, и теплоход, описав дугу, приблизился к причалу. Я уже смогла различить Цугуми, которая в белом платье, скрестив руки на груди, стояла рядом с рекламным щитом, на котором было написано «Добро пожаловать!».

Теплоход медленно подходил к причалу и, уткнувшись в него, остановился. Матросы бросили канаты и установили трап. Собрав свои вещи, я вышла на палубу и попала в жаркое лето. Когда я сошла на берег, Цугуми приблизилась ко мне и без каких-либо приветствий типа «как я давно тебя не видела, всё ли у тебя в порядке», с хмурой надутой физиономией заявила:

— А вы опоздали.

— А ты совсем не изменилась, — ответила я.

— Я здесь почти зачахла, — отрезала она и, даже не улыбнувшись, пошла впереди.

Я ничего не сказала, но меня настолько развеселила эта характерная для Цугуми манера встречи, что я не смогла удержаться от смеха.

Гостиница «Ямамотоя» стояла на том же месте, но, когда я её увидела, мною овладело странное чувство — будто что-то не в порядке, будто я наткнулась на дом, который мне только снился. Однако всё встало на свои места, когда Цугуми закричала в сторону открытой двери вестибюля:

— Прибыла нахлебница!

Пуч начал лаять за забором, и тётя Масако, улыбаясь, появилась из дома со словами:

— Цугуми, так говорить нехорошо.

Выскочила также Ёко, радостно приветствуя меня:

— Привет, Мария, давно тебя не видела.

Я сразу почувствовала себя как дома, и сердце учащённо забилось.

У входа в гостиницу стоял ряд пляжных сандалий, и чувствовалось, что последний летний сезон проходит очень активно. Исходящий из дома запах заставил меня вспомнить рабочий ритм, которым живёт гостиница.

— Тётя, чем-нибудь помочь? — спросила я.

— Нет-нет, заходи и попей чаю с Ёко. — И тётя Масако побежала на кухню, из которой доносились громкие звуки.

Это предложение прозвучало как раз вовремя, так как Ёко должна была что-то перекусить перед уходом на работу, а тётя и дядя находились в самом разгаре процесса подготовки ужина для гостей. Каждый день в гостинице протекал в одном и том же ритме.

Внутри Ёко ела рисовые шарики, но, увидев меня, достала мою старую чашку и налила чаю.

— Мария, хочешь рису?

— Дурочка, ты хочешь этой ерундой испортить шикарный ужин, который её ожидает.

Цугуми сидела в углу комнаты, опершись спиной о стену и вытянув ноги. Она перелистывала журнал и даже не смотрела на нас, когда говорила.

— Это верно. Мария, тогда я принесу домой пирожные, ладно? — предложила Ёко.

— Это будет здорово, — согласилась я.

Мимо открытых окон гостиницы проходили возвращающиеся с моря постояльцы, громко и весело разговаривая. В это время во всех гостиницах города начинался ужин, и, казалось, что всюду кипела работа. Небо ещё оставалось светлым, и по телевизору передавали вечерние новости. Слабый ветерок приносил с собой запах моря и далёкие крики чаек. Был обычный летний вечер, но я уже знала, что ничто не может быть вечным.

— Мария приехала? — раздался голос, и послышались приближающиеся шаги. Из-за занавески появилось лицо дяди.

— А, правильно сделала, что приехала. Отдыхай спокойно. — Улыбнувшись, он снова исчез.

Цугуми встала, подошла к холодильнику, налила ячменный чай в стакан с изображением Микки-Мауса, который ей довольно давно подарили в винной лавке. Выпив чай, она ополоснула стакан и поставила его на полку.

— И с такой рожей он собирается открыть пансион. Наш отец только и хочет, что создать всем неприятности.

— Это была его давняя мечта, — произнесла Ёко, опустив глаза.

Всё, что нас окружало, казалось таким солидным и крепким, и не верилось, что следующим летом здесь уже ничего не будет. Этого я не могла понять и думаю, что девочки тоже не могли себе это представить.

Каждый день, проведённый в этом маленьком рыбацком городке, был для меня удачным или неудачным. Я здесь ложилась спать, утром вставала, питалась — в общем, жила. Смотрела телевизор, влюблялась, училась в школе, но обязательно возвращалась в этот дом. Вспоминая эти похожие друг на друга дни моей прежней жизни, я вновь осознала, что они останутся в моей памяти как что-то тёплое и чистое, подобное нагретому солнцем песку.

Ощущая нежную теплоту уходящего дня и чувствуя усталость от поездки, я позволила себе погрузиться в рассеянные мечты о предстоящем лете, которое уже наступило, но никогда не повторится вновь. Это понимание вряд ли заставило бы нас иначе проводить отпущенное нам время, но мы остро чувствовали, как оно, это время, уходит. Мои чувства были настолько обострены, что становилось грустно, но в тоже время я была необъяснимо счастлива.

Когда после ужина я отнесла свои вещи в отведённую мне комнату, послышалось радостное повизгивание Пуча. Из окна моей комнаты был виден задний двор гостиницы, и, посмотрев вниз, я заметила, как Цугуми пристегивала поводок к его ошейнику. Заметив меня, она спросила:

— Ты пойдёшь с нами гулять?

— Иду, — ответила я и бросилась по лестнице вниз.

Хотя на западе небо было ещё светлым, уже зажглись уличные фонари. Как и раньше, Пуч тянул Цугуми вперёд.

— Сегодня ты устала, поэтому дойдём только до входа на пляж, — заговорила Цугуми.

— Вы гуляете каждый вечер? — с удивлением спросила я, зная, как слаба Цугуми здоровьем.

— Это потому, что ты приучила Пуча. После твоего отъезда он каждое утро, когда подходило время для прогулок, начинал громко лаять и греметь цепью. Конечно, маленькая Цугуми с её хрупким здоровьем просыпалась. А что мне оставалось делать? Но мы уговорили Пуча перенести прогулки на вечер и теперь выгуливаем его вместе с Ёко.

— Это здорово.

— Я сама чувствую, что для моего здоровья полезно, когда Пуч таскает меня на своём поводке, — рассмеялась Цугуми.

Цугуми постоянно жила с болью в какой-либо части своего тела, но она никогда не упоминала об этом даже в шутку. Она замыкалась в себе, а потом выплёскивала свои страдания на окружающих и в одиночестве ложилась в кровать. Но она никогда не падала духом. Я считала, что она ведёт себя мужественно, но, откровенно говоря, иногда это действовало на нервы.

Хотя уже совсем стемнело, жара всё ещё не спала. На берегу там и сям дети запускали петарды. Мы прошли до конца дороги, покрытой гравием, пересекли мост и, выйдя на берег, взобрались на дамбу и отпустили Пуча. Нас приятно обдувал ветерок с моря, на бегущих волнах кое-где появлялись отблески уже почти зашедшего солнца, лучи которого пробивались сквозь бегущие облака. Однако темнота завоёвывала всё большее пространство. Пуч убежал так далеко, что мы потеряли его из виду, но затем он вернулся с обеспокоенным видом и начал лаять на Цугуми. Она улыбнулась и, протянув руку, потрепала его по голове.

— Вы действительно превратились с Пучем в хороших друзей, — сказала я, тронутая тем, что их отношения стали теплее, чем были прошлым летом. Цугуми ничего не ответила.

Когда она молчала, то в самом деле становилась похожа на двоюродную младшую сестру. Однако через некоторое время Цугуми вдруг заявила с кислой миной:

— И это не шутка. Самое плохое, что я чувствую себя как обольститель, который оказался привязанным своим чувством к девственнице и по рассеянности женился на ней.

— О чём это ты? О своих отношениях с Пучем?

Мне казалось, я догадываюсь, что она имеет в виду, но мне хотелось, чтобы она высказалась полнее, поэтому и спросила её. Цугуми ответила:

— Именно так. Я содрогаюсь от мысли, что подружилась с собакой. Объективно говоря, это довольно неприятно.

Я рассмеялась.

— И из-за этого ты чувствуешь себя неловко?

— Не шути. Ты, оказывается, меня совсем не понимаешь. Сколько лет мы провели вместе. Пошевели немного мозгами, — сказала Цугуми, ехидно улыбаясь.

— Я понимаю. Я только подшучивала над тобой, — сказала я. — Но знаю, что ты не можешь не любить Пуча, не так ли?

— Да. Пуча я люблю, — согласилась Цугуми. Сгущавшаяся вокруг нас темнота казалась неоднородной и состояла из нескольких слоёв разных оттенков, которые периодически менялись местами. Волны размеренно ударялись о волнорез и, разлетаясь на мелкие брызги, исполняли свой причудливый танец. В небе подобно маленькой лампочке засверкала первая звезда.

— Мерзкие люди проповедуют свою мерзкую философию. Я против этого, — продолжала Цугуми. — Люди, которые доверяются только собаке, слишком примитивны.

— Мерзкие люди? — рассмеялась я.

Определённо, с тех пор как мы расстались, в душе у Цугуми многое накопилось, и она хотела от этого избавиться. Только мне она могла раскрыть свои чувства. После того случая с «Почтовым ящиком привидения» я была единственной, кто понимал её, даже тогда, когда она хотела поделиться мыслями, которые не имели отношения к моей жизни.

— Вообрази, что во всём мире наступит голод.

— Голод?.. Ну, это уж слишком. Извини, я не могу себе этого представить...

— Мария, помолчи. Так вот, когда совсем нечего будет есть, я могу просто убить Пуча и съесть его. При этом не собираюсь после оплакивать его, извиняться перед всеми, ставить ему памятник, делать талисман из его костей и постоянно носить при себе, а, наоборот, если, конечно, смогу, не испытывать сожаления и угрызений совести и спокойно говорить с улыбкой: «Да, Пуч был вкусным». Вот такой я хочу стать. Конечно, это только один пример.

Огромная пропасть между внешним видом самой Цугуми, которая сидела, обхватив колени своими тонкими руками, и теми словами, которые она только что произнесла, вызвали у меня странное ощущение, как будто я вижу существо из другого мира.

— Такого человека невозможно понять, он чем-то постоянно поражает окружающих, да и сам не понимает, что происходит в нём и куда всё это его ведёт, но в конце концов он оказывается прав, — хладнокровно продолжила Цугуми, не переставая смотреть на потемневшие волны моря.

Это не было самолюбованием и отличалось от каких-либо эстетствующих самовыражений. Я пришла к выводу, что в сердце Цугуми вживили хорошо отполированное зеркало и она верит только его отражению, не пытаясь задуматься ни о чём другом.

Несмотря на это, я, Пуч и, вероятно, все окружающие любили Цугуми и были привязаны к ней. И это не имело ничего общего с её настроением или с тем, что она говорила, а что касается Пуча, его не волновало, что его когда-нибудь убьют и съедят. Создавалось впечатление, что в глубине ее души был спрятан мощный источник отрицательной энергии, который руководил её словами и поступками и о существовании которого она не подозревала.

— Уже стало темно и похолодало. Пошли домой? — сказала Цугуми и встала.

— Цугуми, поправь юбку, а то видны твои трусики, это неприлично.

— Если это только трусики, то я перенесу.

— Но лучше и их не показывать.

— Ладно, обойдётся, — рассмеялась Цугуми и стала громко звать Пуча.

Пуч стремглав примчался к нам по длинной дамбе и начал лаять, как будто хотел что-то сообщить.

— Ну-ну, перестань, — сказала Цугуми.

Когда мы пошли, он обогнал нас, потом остановился, затем, как будто заметив что-то, поднял голову, бросился вперёд и спустился вниз с дамбы на её противоположную сторону. Оттуда раздался его громкий лай.

— Что-то случилось?

Мы побежали за ним и увидели, что он резвится вокруг маленького шпица, который был привязан к белой статуе, стоящей в небольшом парке у входа на пляж. Вначале Пуч, видимо, намеревался поиграть со шпицем и призывно вилял хвостом. Однако шпиц, явно обезумев от страха при виде прыгающей рядом большой собаки, с громким тявканьем укусил Пуча. Он с визгом отскочил и мгновенно принял воинственную позу, готовясь ринуться в бой.

— Стой, Пуч! — закричала я, и одновременно раздался голос Цугуми: — Пуч, вперёд!

Это был момент, когда можно было отчётливо понять разницу в наших характерах. Мне ничего не оставалось делать, как подбежать к Пучу и силой попытаться оттащить его. В этот момент пес укусил меня за ногу.

— Ой, больно! — закричала я и услышала:

— Вот здорово. Теперь деритесь втроём!

Обернувшись, я увидела радостно улыбающееся лицо Цугуми.

И тут это случилось.

— Эй, Гонгоро, прекрати! — с этими словами появился молодой человек.

Это была наша первая встреча с Кёити, ставшим нашим товарищем в это последнее, прекрасное лето. Нас окружала прозрачная темнота ранней летней ночи. Как будто нарисованная на картинке луна только начала подниматься над берегом.

Кёити произвёл на меня странное впечатление. Он был примерно одного с нами возраста. Широкие плечи и могучая шея контрастировали с его длинным и стройным телом, но вместе с тем создавали ощущение таящейся в нём физической силы. Его волосы были коротко подстрижены, а тонкие брови придавали верхней части лица несколько суровое выражение. Белая рубашка хорошо сидела на нём, и в целом он выглядел опрятным молодым человеком. Но что поражало, так это его глаза, взгляд которых был необычайно глубоким и заставлял думать, что он знает что-то очень важное.

Я находилась в центре вновь начинавшейся драки между Пучем и Гонгоро, когда Кёити бросился к нам, схватил свою возбуждённо прыгающую собаку и спросил:

— Вы не ранены?

Я смогла наконец освободить свои руки, с силой удерживающие Пуча, и встала.

— Нет, всё в порядке. Наша собака начала первой, так что это вы нас извините.

— Ничего страшного. Эта собачонка боец по своему характеру и ничего не боится, — сказал он со смехом.

Увидев Цугуми, он спросил:

— А вы не пострадали?

Цугуми моментально изменила свой тон.

— Нет, всё в порядке, — ответила она с улыбкой.

— Тогда всего хорошего, — сказал он и, держа Гонгоро на руках, пошёл в сторону берега.

За это время уже наступила настоящая ночь. Пуч с упрёком поглядывал на меня и Цугуми, тяжело дыша.

— Пошли, — сказала Цугуми, и мы не спеша двинулись к дому.

Здесь и там вдоль дороги прятались ночные тени. Воздух, казалось, был наполнен особым ароматом, который придавал нам дополнительную энергию. Дующий с моря лёгкий ветерок приносил с собой приятные, характерные запахи. Навстречу нам часто попадались оживлённо разговаривающие люди.

— Когда вернёмся, Ёко как раз принесёт пирожные, — вспомнила я.

— Вы можете ими вволю насладиться. Ты же знаешь, как я отношусь к этим невкусным пирожным, — сказала Цугуми несколько рассеянным тоном, чем я и воспользовалась, чтобы подразнить её:

— А ты, похоже, положила глаз на этого парня.

Однако Цугуми тихо ответила:

— А он необычный человек. — Это прозвучало как предчувствие.

— А в чём? — несколько раз переспросила я, так как ничего особенного в нём не заметила. Но Цугуми, ничего не сказав, продолжала идти с Пучем на поводке по ночной дороге.

Энергия ночи

Иногда бывают необычные ночи. Ночи, когда пространство как бы сдвигается и всё видится почти одновременно.

Я не могу заснуть и лежу, слушая, как тикают стенные часы, смотрю на потолок, освещаемый светом луны. Как это бывало иногда в детстве, я господствовала над темнотой. Ночь продолжалась вечно и пахла каким-то слабым запахом, который казался мне приятным. Видимо, это был запах расставания.

У меня остались незабываемые воспоминания об одной такой ночи.

Во время учёбы в старших классах начальной школы я, Цугуми и Ёко были страстно увлечены одним телевизионным сериалом, в котором главный герой разыскивал свою сестру. Цугуми, которая обычно называла такие фильмы «обманом детей», в этот раз не пропускала ни одной серии. Со временем впечатление от сериала потускнело, и сейчас всплывают в памяти только возбуждение, которое мы при этом испытывали, и обстановка, которая нас окружала. Освещение комнаты, где мы смотрели телевизор, вкус напитка, который мы тогда пили, потоки воздуха от вентилятора. Каждую неделю мы с удовольствием смотрели сериал, и однажды вечером он закончился.

За ужином все молчали. Тётя Масако сказала со смехом:

— Как жаль, что сегодня закончилась ваша любимая передача.

Бунтарски настроенная Цугуми заявила:

— Нечего заниматься пустой болтовнёй.

Возбуждённые, я и Ёко, хотя и не были по характеру бунтарями, в этот раз в чём-то разделяли настроение Цугуми.

В эту ночь, лёжа в постели, я, будучи ещё ребёнком, впервые испытала мучительное чувство расставания. Оно стало зародышем более поздних разлук, которые выпали на мою долю, но по сравнению с ними имело сверкающий ореол. Тогда, глядя на потолок и ворочаясь на жёстко накрахмаленных простынях, я не смогла уснуть и вышла в коридор. В тихом и тёмном коридоре, как всегда, громко тикали стенные часы. Покрытая белой бумагой раздвижная перегородка всплыла в темноте, и я почувствовала себя очень маленькой. На некоторое время я забыла, где я и что делаю, когда передо мной, как во сне, возникла одна из сцен сериала. В полной тишине ночи я была не в состоянии повернуть назад, босиком спустилась по лестнице и вышла во двор, чтобы глотнуть свежего воздуха. Двор был залит лунным светом, вокруг виднелись силуэты деревьев.

— Мария, — услышала я голос Ёко, но почему-то совершенно не удивилась. Одетая в ночную пижаму, она стояла, освещённая луной.

— Ну что, тоже не можешь уснуть?

— Да, — понизив голос, ответила я.

— Значит, нас двое, — сказала Ёко.

Её длинные волосы не уместились под сеткой, и, когда она нагибалась, они касались лозы ипомеи.

— Пошли немного погуляем, — предложила я. — Но если нас заметят, то будут, наверное, ругать. Ёко, ты проскользнула незаметно?

— Да, всё в порядке.

Выйдя за калитку, мы почувствовали густой запах моря.

— Наконец-то можно говорить громко.

— Да, какая приятная ночь.

Мы пошли в сторону моря, одна в пижаме, другая в лёгком кимоно.

Луна уже стояла высоко. Вдоль дороги, ведущей в горы, как ночные призраки стояли брошенные на умирание старые рыбацкие лодки. Окрестности ночью приобрели совсем другой облик, и нам казалось, что мы идём по дороге, не имеющей ничего общего с нашими привычными маршрутами.

Неожиданно Ёко проговорила:

— Вот уж где не думала встретить свою сестру.

Увидев Цугуми, которая сидела на краю дороги и смотрела на море, я рассмеялась, подумав, что наш любимый сериал, похоже, продолжается.

— А, это вы, — не удивившись, естественным тоном сказала Цугуми, как будто мы договорились здесь встретиться.

— Цугуми, ты ведь босая, — сказала Ёко и, сняв оба своих чулка, передала ей. Та сначала надела их на руки как перчатки, но, увидев, что мы не обращаем на неё внимания, сунула в них свои страшно худые ноги и пошла вперёд под лунным светом.

— Давайте обойдём вокруг порта и вернёмся, — предложила Ёко.

— Хорошо. И купим где-нибудь по пути колу, — согласилась я.

Но затем высказалась Цугуми:

— Вы можете делать что хотите.

— Но почему, Цугуми? Ты остаешься здесь? — спросила я.

Не глядя на меня, Цугуми ответила:

— Я собираюсь идти.

— Докуда?

— До соседнего берега, через горы.

— А это не опасно? — осторожно спросила Ёко.

— Давайте попробуем.

Безлюдная горная дорога казалась тёмной, как пещера. Высокие скалы закрывали свет луны, и было плохо видно, куда ступают наши ноги. Я и Ёко шли, взявшись за руки, а Цугуми быстро шагала рядом с нами уверенной походкой, и, как я помню, не было похоже, что она идёт в полной темноте, которая у нас с Ёко вызывала чувство страха.

Хотя мы не могли уснуть и вышли погулять под впечатлением только что закончившегося телевизионного сериала, сейчас мы о нём уже забыли и были поглощены окружавшей нас мрачной действительностью. Преодолев перевал, покрытый шумевшими на ветру деревьями, мы стали спускаться вниз и скоро увидели рыбацкую деревню. Вдоль каменистого побережья стояли закрытые летние купальные павильоны, видневшиеся в море флажки бакенов подпрыгивали на катящихся волнах, прохладный ветер с моря приятно остужал наши щёки.

В торговом автомате на пляже мы купили колу, при этом звук падающих банок неожиданно громко прорезал тишину ночи. У наших ног лениво плескалось тёмное море, а вдали слабо дрожали огни города.

— Мы здесь как будто на том свете, — сказала Цугуми, и мы поспешно согласились.

Преодолев вновь горную дорогу, мы, страшно усталые, в конце концов добрались до «Ямамотоя», пожелали друг другу спокойной ночи и разошлись по своим комнатам. Я заснула как убитая.

Но самым тяжёлым оказалось следующее утро. От невероятной усталости ни я, ни Ёко во время завтрака не могли вымолвить ни слова и, протирая глаза, еле шевелили губами. От нашей бодрости, которую мы чувствовали прошлой ночью, не осталось и следа, и нас как будто подменили. Цугуми даже не проснулась.

Я помню кое-что ещё.

В ту ночь Цугуми подобрала на берегу белый камень, который до сих пор лежит в её комнате. Я так и не знаю, в каком настроении она была в прошлую ночь и какие чувства заставили ее обратить внимание на этот камень. А может, это был просто мгновенный каприз. И каждый раз, когда я начинаю забывать, что Цугуми — человек с характером, вспоминаю этот случай с белым камнем и её непреодолимый порыв в ту ночь идти и идти, даже босиком.

Почему-то я вспомнила события предыдущей ночи, когда вновь не могла уснуть следующей ночью. Когда я взглянула на часы, было уже два часа. В бессонную ночь всегда появляются странные мысли, и в темноте они скачут, не останавливаясь на чём-то одном, и часто исчезают, как пена на воде. В ту ночь я внезапно представила себе, что уже стала взрослой, больше не живу в этом городе и учусь в Токийском университете. Всё это выглядело довольно странно, и даже вытянутая рука, казалось, не принадлежала мне.

В этот момент неожиданно открылась раздвижная дверь в мою комнату.

— Эй, вставай! — потребовала Цугуми.

От неожиданности я вздрогнула и некоторое время не могла прийти в себя. Наконец я смогла выдавить:

— Что случилось?

Цугуми бесцеремонно вошла в комнату и присела у моей подушки.

— Не могу заснуть.

Цугуми спала в соседней со мной комнате, и мне повезло, что до сих пор не случалось подобных вторжений среди ночи. Я уже совсем пришла в себя.

— Это что, из-за меня? — недовольным тоном спросила я.

— Не говори так, но я думаю, здесь какая-то связь есть. Давай о чём-нибудь поболтаем, — умоляюще улыбнулась Цугуми.

Она только в подобных ситуациях могла говорить просительным тоном. В одно мгновение нахлынули воспоминания, как она в детстве грубо будила меня, наступая на руки и ноги, как в школе забирала словарь с моего стола, когда я была в спортзале, потому что ей было тяжело носить свой из дома, и тому подобное. Я сама удивилась, что эти почти полностью забытые картины прошлого промелькнули у меня перед глазами и напомнили мне, что мои отношения с Цугуми далеко не всегда были приятными.

— Я хочу спать, — сказала я, пытаясь, как и в прошлом, немного посопротивляться, но Цугуми никогда не слушает, что говорят другие.

— Ой, но сегодня ведь то же самое, — блестя глазами, сказала Цугуми.

— Что ты имеешь в виду?

— Послушай, в прошлую ночь мы, как трое идиотов, пошли в соседний город как раз в это время.

— Слушай, я уже засыпаю.

— Тебе не повезло, что я в соседней комнате.

— А что мне делать? — вздохнула я, но в глубине души испытала радостное чувство. Ведь это только надо себе представить! Цугуми и я думали в одно время об одном и том же. Это какая-то телепатия. Ночь иногда устраивает такие трюки. Двое видят иногда одинаковые сны, но это длится только одну ночь, и когда они просыпаются утром, всё становится туманным и неотчётливым, а при дневном свете вы уже и не уверены, что всё это было. Но такие ночи запоминаются надолго и сверкают как драгоценные камни.

— Ну что, пойдём погуляем, — сказала я.

— Нет, для этого у меня сегодня нет сил, — ответила Цугуми.

— Ну, тогда что ты хочешь делать?

— Вот я и пришла, чтобы придумать.

— Ты бы лучше сначала придумала, а потом разбудила меня.

— Давай так. Сначала достанем чего-нибудь выпить из холодильника в твоей комнате и выйдем на веранду, где сушится бельё. Это я смогу выдержать, — сказала Цугуми.

Моя комната была раньше номером для гостей, поэтому в холодильнике было много напитков. Я достала себе пиво, а Цугуми взяла апельсиновый сок. Ей совсем нельзя было пить алкогольные напитки, так как её сразу начинало тошнить. Об этом знали все, и никто ей ничего подобного не предлагал.

Мы, как в прежние времена, затаив дыхание, пробрались по коридору и вышли туда, где стояли рамы для сушки белья. Днём на них висели полотенца, создавая немую рекламу стирального порошка, а сейчас они были пусты и между ними светили звёзды и виднелись силуэты близлежащих гор.

Я выпила пива, прохлада которого, казалось, растекалась по всему телу, дополняя свежесть ночного воздуха. Цугуми выпила сок.

— Когда пьёшь на улице, напиток вкуснее, — тихо изрекла она.

— Ты придаёшь большое значение подобным вещам? — спросила я.

— Придаю, — коротко ответила Цугуми, не вникая в подробности.

———

Я тоже не стала говорить, что имела в виду её чувства и эмоции. Помолчав некоторое время, Цугуми сказала:

— Я, может, и раздражаюсь, когда опадает последний лист, но его красоту я всё равно помню.

Я несколько удивилась:

— В последнее время ты стала говорить как-то совсем по-человечески, не так ли?

— Наверное, приближается время моей смерти, — рассмеялась она.

Именно в такую ясную ночь люди распахивают тайники своей души, невольно открывают сердце находящимся рядом людям, и им кажется, что они разговаривают с далекими звёздами. В компьютере моей головы есть файл «Летние ночи», в котором рядом с ночью, когда мы, юные, шли и шли, лежит и сегодняшняя ночь. Мысль о том, что, пока я живу, я могу вновь вызвать в памяти те чувства, которые тогда испытала, наполняет меня уверенностью в будущем.

Какая прекрасная ночь! Над городом висел приносимый слабым ветром сочный запах, в котором одновременно ощущалось присутствие гор и моря. Хотя мне здесь, видимо, уже не придётся испытать второй такой ночи, это было бы счастьем — в какое-нибудь другое лето и в каком-нибудь другом месте вновь встретиться с ночью, подобной этой.

Допив сок, Цугуми встала и подошла к перилам веранды, откуда была видна дорога.

— Ни души вокруг, — сказала она.

— Послушай, а что это за здание вон там? — спросила я, заинтересовавшись большим домом у подножия горы, верхушка которого представляла собой железный каркас. Даже в темноте оно выделялось среди окружающих домов.

— Это? Это новый отель, — повернувшись в ту сторону, сказала Цугуми.

— Такой большой. Его только что построили?

— Да. Отец закрывает нашу гостиницу в том числе и из-за него. Дело не в том, что мне безразлично, что с ней случится, но для нас это вопрос жизни и смерти. Отец хочет начать новое дело, о котором давно мечтал. Но если идея с пансионом провалится, то наша семья из четырёх человек будет вынуждена покончить жизнь самоубийством в горах, и останутся там только наши белые косточки. Вот так всё печально.

— Всё будет хорошо. Я буду каждый год приезжать, и если когда-нибудь у меня будет свадьба, то она будет обязательно у вас.

— Вместо того чтобы строить дурацкие планы, ты бы лучше привезла с собой своих подруг-студенток. У нас здесь таких девочек и в помине нет.

— Но есть ведь Ёко.

— Это совсем не то. Нужны более шикарные. Я видела таких только по телевизору. Понаблюдав за ними, я бы хотела позлословить на их счёт, — буркнула Цугуми.

Это была мучительная сцена, так как, кроме поездок в больницы, она ни разу не выезжала из этого города.

Поднявшись и встав рядом с Цугуми, которая продолжала смотреть вниз, я предложила:

— Приезжай погостить к нам в Токио.

— Я не знаю, может быть. Я буду чувствовать себя, как эта девочка Хейди из Альп, которая стала другом хромого, — рассмеялась Цугуми.

— Сегодня мы что-то перешли на классическую литературу, — заметила я. В этот момент я обратила внимание на знакомую собаку, которая устало шла по дороге перед гостиницей, и воскликнула: — Посмотри туда, это Конносукэ!.. Нет, её звать как-то по-другому. Помнишь ту собаку?

Цугуми наклонилась вперёд.

— Это Гонгоро.

Затем громко закричала, и голос в тишине ночи разнёсся далеко за пределы нашей гостиницы.

— Гонгоро!

Даже Пуч проснулся от этого крика и начал греметь своей железной цепью. Я была поражена поведением Цугуми, так как давно не видела её в таком возбуждённом состоянии. Поняла ли эта маленькая собачонка вложенные в этот окрик чувства?

Она внезапно остановилась, повернулась назад и стала вертеть головой, пытаясь определить, откуда её позвали. Шпиц выглядел очень растерянным, и я со смехом вновь окликнула его. В этот раз пёс заметил нас и, подняв голову, стал тявкать. Похоже, что Гонгоро спрашивал по-собачьи: «Кто это там?»

В это время под фонарём, как в лучах прожектора, неожиданно появился он. По сравнению с прошлой встречей его лицо было более загорелым, а чёрная спортивная рубашка сливалась с темнотой ночи.

— А, это вы?

— Цугуми, нам повезло, что мы снова с ним встретились, — тихо сказала я.

— Это так, — ответила она и, наклонившись, громко спросила: — Тебя как зовут? У тебя есть имя?

— Меня зовут Кёити. А вас как?

— Меня — Цугуми. А это Мария. Послушай, а ты чей ребёнок?

— Мой дом пока ещё не в этом городе. Вон там. — И он показал в сторону гор.

— Вон тот вновь построенный отель станет моим домом.

— Что? Ты, оказывается, сын служанки? — усмехнулась Цугуми. Улыбка на её лице светилась настолько ярко, что видна была даже в темноте.

— Нет, я сын владельца. Моему отцу понравились эти места, и он решил тут поселиться. Мой университет в городе М., и я, живя здесь, буду туда ездить.

Ночь быстро сближает людей, и на его обращённом к нам лице играла добрая улыбка.

— Ты каждый вечер гуляешь? — спросила я.

— Нет, это сегодня почему-то не мог заснуть и, разбудив собаку, пошёл гулять, — рассмеялся он.

Мы все были переполнены приятным предчувствием, что станем друзьями. Люди обычно это сразу понимают. Едва обменявшись лишь несколькими словами, они осознают, что встретили тех, с кем у них сложатся дружеские отношения.

— Послушай, Кёити, — сказала Цугуми, так широко раскрыв глаза, что казалось, они выскочат из орбит. — После того случая я снова хотела с тобой встретиться. Мы сможем вновь увидеться?

Я страшно удивилась, но Кёити, похоже, был шокирован ещё больше. Немного помолчав, он сказал:

— ...А почему бы нет? Я здесь на всё лето и часто тут гуляю с Гонгоро. Живу я сейчас в гостинице «Накахамая». Знаете, где это?

— Знаю.

— Приходите в любое время. Моя фамилия Такэути.

— Я всё поняла, — кивнула Цугуми.

— Спокойной ночи.

Похоже, что темнота ещё больше обострила возбуждённое состояние Цугуми, но с уходом Кёити она сразу успокоилась. Поразительная встреча. Он неожиданно появился и так же неожиданно исчез. Ночь окутывала нас всё более густой темнотой.

— Цугуми, тебе этот парень действительно нравится?

— В настоящий момент, — со вздохом ответила Цугуми.

— Цугуми, странное дело. Ты не заметила?

— А что?

— С этим парнем ты разговаривала так, как говоришь со всеми.

Я с самого начала это заметила, но промолчала. Разговаривая с мужчинами, Цугуми всегда вела себя как обычная девушка, но в разговоре с Кёити она употребляла свой обычный вульгарный язык, и это было настолько необычно, что я была страшно заинтригована.

— Я совсем не заметила этого. Видимо, по рассеянности. Значит, я говорила как развратница? Как неприятно, — сказала Цугуми.

— Я не знаю... Но это интересно.

Цугуми смотрела прямо вперёд, сдвинув брови. Ночной ветер трепал её волосы.

— Теперь уже поздно; что было, то было. Это всё из-за этой ночи, — пожаловалась она.

Признание

В этот день с утра шёл дождь. Летний дождь всегда несёт с собой запах моря. Скучая, я весь день коротала в своей комнате, читая книгу.

Цугуми несколько последних дней провела в постели из-за головной боли и высокой температуры, которые, наверное, были вызваны нашими ночными развлечениями. Даже в обеденное время она не выходила из комнаты, и я уже настолько привыкла к этому, что, жалея, приносила ей еду прямо в постель.

— Прибыла пища! — громко объявила я и поставила тарелку рядом с её подушкой. И, уходя, уже стоя в дверях, вдруг спросила: — Цугуми, уж не влюбилась ли ты?

В ответ она молча запустила в меня пластиковым кувшином. Это была ее нормальная реакция. Кувшин ударился о дверную перегородку и покатился по татами. К счастью, вылившаяся вода только немного забрызгала мои волосы, поэтому, вернувшись в свою комнату, мне не стоило труда их подсушить.

За окном виднелось тёмное море, вздымающиеся волны которого иногда даже внушали страх. И небо, и море выглядели одинаково монотонно-серыми, как будто находились по другую сторону огромного фильтра. В подобные дни даже Пуч тихо сидел в своей будке, наблюдая за дождём. Внизу были слышны голоса и шаги гостей, которые, не имея возможности пойти на пляж, ходили друг к другу в гости или собирались в холле, где стоял большой телевизор и старый игральный автомат.

Но, несмотря на скверное настроение, я всё-таки заставила себя продолжить чтение. Капли дождя, стекающие по стеклу, рождали в моем воображении различные образы.

«А что, если Цугуми станет ещё хуже и она умрёт?» Вечная мысль о здоровье Цугуми, которое в детские годы было ещё более слабым, не покидала её родственников, и особенно в такой дождливый день, как этот, когда прошлое и настоящее, казалось, сливались в одно целое.

Неожиданно слеза упала на страницу книги, а вслед за ней закапали вторая и третья.

«Мария, что с тобой случилось?» — подумала я и вытерла слёзы.

Попытавшись отвлечься, я продолжила чтение.

К трём часам читать уже было нечего. Цугуми всё ещё была в постели. Ёко куда-то ушла. По телевизору ничего интересного не передавали, поэтому я решила сходить в книжный магазин. Услышав звук открывающейся раздвижной двери моей комнаты, Цугуми крикнула:

— Ты куда идёшь?

— В книжный магазин. Тебе что-нибудь нужно?

— Купи мне яблочного сока. Только натурального, стопроцентного, — попросила она охрипшим голосом. Видимо, у неё была высокая температура.

— Я поняла.

— И ещё дыню, суси и... — крикнула она мне вслед, но я уже спускалась вниз по лестнице и не стала слушать.

———

Дождь в приморских городках идёт как-то по-особому тихо, ибо море поглощает его звук. В Токио я всегда поражаюсь, что дождь, ударяясь о землю, производит столько шума.

Когда в дождливую погоду идёшь по пляжу, он выглядит таким пустынным и тихим, что возникает ощущение, будто ты попал на кладбище, а падающие на песок капли создают тысячи разнообразных узоров.

Самый крупный книжный магазин в городе был переполнен, и в этом не было ничего удивительного, потому что в такую погоду все отдыхающие бросаются сюда. Я внимательно оглядела магазин, но, как и ожидала, нужные мне журналы были уже распроданы.

Мне ничего не оставалось, как пойти к полкам с уже не новыми книгами, и там, в самой глубине, к своему огромному удивлению, увидела Кёити, который увлечённо читал какую-то книгу. Я подошла к нему и полюбопытствовала:

— А сегодня ты без собаки?

— Да, — улыбнулся он. — Идёт дождь, и я оставил её дома.

— Если ты здесь не живёшь, то где же ты её держишь?

— Я договорился с хозяевами гостиницы, и они разрешили мне привязать её на заднем дворе. Я уже давно живу там и подружился с ними. В свободное время я даже помогаю им застилать постели. Понимаешь, я не могу назвать им своё имя, поэтому у меня иногда появляется странное ощущение, будто я здесь шпионю.

Я понимающе кивнула. Он был сыном владельца крупного отеля, строящегося у подножия гор, и все хозяева гостиниц в этом городе в большей или меньшей степени обеспокоены этим строительством. Если задуматься, то и для него это было непростое лето.

— А где сейчас Цугуми? — спросил Кёити.

Я была поражена тем, как он произнёс имя Цугуми, и интуиция мне подсказала, что увлечение Цугуми может иметь будущее. Глядя на капли дождя, стекающие одна за другой по виниловым жалюзи книжного магазина, я сказала:

— Цугуми сейчас лежит в постели. Внешность обманчива, у нее очень хрупкое здоровье... Если есть желание, можешь навестить её. Думаю, Цугуми будет очень рада.

— Если ей не станет хуже. Я готов, — согласился он.

Когда мы шли по городу под продолжающимся дождём, я решила, что отношения между Цугуми и этим мальчиком могут развиться во что-нибудь хорошее.

Живя с этой весны в Токио и учась в университете, я не могла не видеть многих пар. (Может быть, я описываю их довольно странно, так как сама являюсь страшной провинциалкой.) Во всяком случае, я могла точно определить, что притягивает этих двух людей друг к другу. Они либо были похожи внешне, либо у них были близкие взгляды на жизнь. Какими бы разными ни выглядели на первый взгляд эти пары, если с ними побыть подольше, становилось ясно, что их связывает. Однако в тот день я неожиданно почувствовала, что Цугуми и Кёити может притягивать друг к другу что-то гораздо более сильное. Когда он произнёс имя Цугуми, в моём сознании его имя и её как-то по-особому заиграли, плотно наложившись одно на другое. Я поняла, что их взаимный интерес выходит далеко за пределы этого дождливого дня, и была уверена в своём предчувствии, что это знакомство можно назвать судьбой или предвестником большой любви. Я всё ещё была погружена в эти мысли, когда мы шли по дороге в гостиницу и смотрели, как на мокром асфальте отражается радуга.

— Подожди, если мы идём навестить больного человека, то нам надо что-нибудь купить. Что она любит?

Я невольно рассмеялась, услышав эти слова Кёити.

— Ей нравится всё что угодно. Яблочный сок, дыня, суси...

— Сочетание не выглядит слишком удачным, — сказал Кёити, покачав головой.

Ну и выкручивайся сама, подумала я о Цугуми, если ты заказываешь всё, что придёт тебе в голову.

Когда мы подходили к её комнате, я почувствовала волнение, представив, как скажу: «Цугуми, к тебе гость». И как она не поверит этому, широко раскрыв глаза. Но, раздвинув дверь в её комнату, я обнаружила, что Цугуми там нет.

В комнате был включён свет, и постель создавала впечатление, что её только что покинули. Я остановилась как вкопанная. Цугуми всегда сумасбродничала, но ведь сейчас у неё была температура около тридцати девяти градусов.

— ...Её нет, — пробормотала я.

— Но она ведь, вроде, тяжело больна, — нахмурился Кёити.

— Так оно и есть. Ты подожди здесь, а я пойду посмотрю внизу, — в растерянности сказала я.

Спустившись в вестибюль, я бросилась к ящику, в котором хранились пляжные сандалии. Цугуми обычно надевала сандалии с белым цветком, и со вздохом облегчения я обнаружила, что они оказались на месте. В этот момент в коридоре показалась тётя Масако.

— Что случилось? — спросила она.

— Цугуми нет в комнате.

Тётя Масако от удивления широко раскрыла глаза.

— Но у неё ведь очень высокая температура. Только что приходил доктор и сделал ей укол... Может, после этого температура упала и она почувствовала себя лучше.

— Наверное, так и случилось.

— Но я всё время была за стойкой регист-ратора, и после тебя, Мария, никто из гости-ницы не выходил. Она, наверное, где-нибудь внутри... Давай попробуем её поискать, — забеспокоилась тётя.

Мы попросили Кёити осмотреть всё вокруг гостиницы, а я и тётя Масако стали искать её внутри. Заглянули всюду: в помещение, где стояли торговые автоматы, в комнату Ёко, схо-дили во флигель, но её нигде не было. Пока я бегала взад и вперёд по этой небольшой гости-нице, вдоль коридора которой тянулись похо-жие друг на друга двери, у меня появилось странное ощущение, что я заблудилась в каком-то лабиринте, и нас с тётей Масакой неожидан-но охватило чувство беспомощности. Как и раньше в подобных ситуациях нас переполни-ло не беспокойство или раздражение, а имен-но чувство беспомощности. Ведь, несмотря на показную дерзость и, казалось, постоянно го-рящий внутри её огонь, Цугуми всегда вызыва-ла сострадание. То она слишком долго кача-лась на качелях, то полдня проводила на пля-же, плавая в море, то засиживалась в кино на ночном сеансе, то в холодную погоду уходила, ничего на себя не надев, — всё это приводило к тому, что её организм не выдерживал и нам потом приходилось ее выхаживать. Казалось, что в ней бурлит такая внутренняя энергия, которая постоянно сопротивляется её физической слабости.

На меня так и нахлынули воспоминания. Казалось, что я вновь, как это часто случалось в детстве, слышала слова моей матери: «Ты должна вести себя тихо, Мария. Цугуми себя очень плохо чувствует».

— Её нигде нет, — вздохнули мы, вновь собравшись у дверей её комнаты. Кёити, поднявшись по лестнице, сказал, что её нет и около дома. Он вышел без зонтика и весь вымок.

— О, извините, что вы из-за нас так промокли, — обратилась к нему тётя Масако, не зная, с кем она разговаривает. В такой ситуации это не имело значения.

— Неужели ей удалось уйти далеко? — волновалась я и, чтобы лучше осмотреть окрестности, вышла на веранду, где обычно сушилось бельё, и высунулась из большого окна в деревянной раме. Вот тут-то я её и обнаружила.

— Она здесь, — сказала я тёте негромко.

Этому трудно поверить, но Цугуми сумела пролезть и уместиться в пространстве между полом веранды и крышей второго этажа под ней. Она уставилась на меня из своего укрытия и закричала:

— Ну что, нашла всё же!

— Что нашла? Ты соображаешь, что делаешь? — закричала я, возмущённая до глубины души, не понимая, зачем она это сделала.

— Боже, да ты ещё и босиком! В таком холодном месте... Быстро иди сюда. Опять поднимется температура! — в сердцах, но уже с явным облегчением сказала тётя. Затем она вытащила промокшую Цугуми из её укрытия. — Сейчас я принесу полотенце. А ты ложись в постель. Поняла?!

После того как тётя поспешно спустилась вниз, я спросила:

— Цугуми, почему ты спряталась в таком странном месте?

Когда мы в детстве играли в прятки, это было одно из любимых мест Цугуми, и сейчас она, определённо, решила вновь воспользоваться им. Но мы не играли в прятки.

— Ведь ты же хотела меня поразить, придя вместе с Кёити, — хрипло из-за высокой температуры рассмеялась Цугуми. — Я увидела вас из окна и решила пошутить.

— Твоя мама очень добрый человек, — сказал Кёити. Опасаясь, что его присутствие неуместно, он уже собирался уходить, но тётя, Цугуми и я уговорили его остаться и выпить с нами чаю. — Она тебя за эти проделки совсем не ругала.

— Её любовь к дочери глубже, чем океан, — выдала Цугуми.

Врёшь ты всё это, подумала я. Спокойствие тёти — это просто привычка воспринимать так все твои выходки. Но я промолчала и продолжала пить чай. К тому же Кёити смотрел на Цугуми с такой жалостью, с какой смотрят на умирающего котёнка, и мне не хотелось ещё больше обострять обстановку... Думая так, я сама, глядя на Цугуми, стала испытывать беспокойство за её состояние. Под глазами у неё появились тёмные пятна, дыхание участилось, губы стали ярко-красными. Промокшие волосы свисали на лоб, глаза и щёки как-то неестественно горели.

— Ну, я пойду. Надеюсь, скоро увидимся. Прекрати эти глупые развлечения. Веди себя как взрослая, и скоро поправишься. — Кёити встал.

— Подожди, — сказала Цугуми. Затем своей страшно горячей рукой она схватила мою.

— Мария, задержи его! — закричала она хриплым голосом.

— Она просит, чтобы ты подождал, — сказала я, взглянув на Кёити.

— А в чём дело? — Он вернулся к её изголовью.

— Расскажи что-нибудь, — поклянчила она. — Я с детских лет если не услышу что-нибудь новенькое, то не смогу заснуть.

Опять врёшь, подумала я. Но это выражение «что-нибудь новенькое» мило звучит.

— Значит, что-то рассказать. Хорошо. Чтобы ты заснула как взрослая, я расскажу тебе историю о полотенце.

— О полотенце? — переспросила я.

Цугуми тоже удивилась. Но Кёити продолжал:

— В детстве у меня было больное сердце, и я ждал операцию, которую можно было сделать, когда я подрасту. Естественно, сейчас, после операции, я чувствую себя великолепно и о том времени редко вспоминаю, однако когда случается что-то плохое и я сталкиваюсь с большими трудностями, то вспоминаю про полотенце... В то время я был постоянно прикован к постели, и не было никакой гарантии, что операция пройдёт успешно. Обычно можно ждать даже то, на что не очень надеешься, но, когда начинался приступ, я впадал в депрессию и надежда испарялась.

Казалось, что звуки дождя прекратились, настолько внимательно мы слушали неожиданный рассказ Кёити. Он говорил спокойно и чётко, и его голос, казалось, наполнял всю комнату.

— С приходом нового приступа я заставлял себя спокойно лежать и ни о чём не думать. Если я закрывал глаза, то в голову сразу лезли ненужные мысли, и я ненавидел темноту. Я старался всё время держать глаза открытыми и ждал, когда пройдёт боль. Говорят, что, когда повстречаешь медведя, надо лечь и притвориться мёртвым. В моей ситуации я знал, что это такое, и испытывал очень неприятное чувство. Но у меня была подушка с особой наволочкой, сшитая из импортного полотенца, которое моя бабушка подарила маме, когда она выходила замуж. Моя мама очень ценила это полотенце и, когда оно стало изнашиваться, сшила из него наволочку для подушки. Полотенце было тёмно-голубого цвета, и на нём были изображены яркие флаги разных стран, и, когда мне было плохо, я часами лежал и смотрел на них. Я ни о чём не думал, а только смотрел. До операции и после операции, когда мне было особенно плохо, я лежал и смотрел на флаги. И значительно позже, когда сталкивался с серьёзными трудностями, я вспоминал рисунок на полотенце, из которого была сшита наволочка. Самого полотенца и наволочки уже давно не существует, но до сих пор они иногда всплывают перед моими глазами, и тогда я чувствую, что у меня всё должно быть в порядке. Ну и как? Интересно? На этом заканчивается моя история. Достаточно?

— Это на самом деле новое... — сказала я.

Его самообладание, зрелая манера держаться, его глаза — всё это являлось результатом того, что он пережил в детстве. И хотя их поведение было прямо противоположным, его и Цугуми объединяло то, что они поодиночке прошли один и тот же путь. То, что случилось с Цугуми, произошло естественным путём, и этого нельзя было избежать, но тяжело думать о том, что её сердце бьётся в таком больном теле. Её дух настолько силён, что он пылает ярче, чем у кого-либо другого, и постоянно рвётся в небеса, но тело цепко держит его на земле. И в глазах Кёити с первого взгляда можно было увидеть эту рвущуюся наружу энергию.

— Когда ты смотрел на эти флаги, ты думал о далёких странах? А также куда ты отправишься после смерти? — глядя на Кёити пронизывающим взглядом, спросила Цугуми.

— Да, я всегда об этом думал, — ответил он.

— И это здорово, что теперь ты стал парнем, который куда угодно может поехать.

— Да, и ты сможешь... Но дело не в том, что можно поехать куда угодно. Здесь ведь такое прекрасное место. Можно пойти купаться, рядом горы, море. Сердце у тебя в порядке, есть характер, и, даже находясь только здесь, ты сможешь больше увидеть, чем какой-то тип, только и делающий, что путешествующий по миру. Я в этом уверен, — тихо сказал Кёити.

— Хорошо, если это правда, — улыбнулась Цугуми.

В её глазах сверкали искорки. За слегка раскрывшимися в лёгкой улыбке губами были видны белые зубы. Только на белоснежной наволочке выделялись красные щёки. В этот безумный день не требовалось многого, чтобы я заплакала. Внезапно Цугуми, глядя прямо в лицо Кёити, сказала:

— Я тебя полюбила.

Купание в море с отцом

Дружба Цугуми и Кёити привлекала всеобщее внимание в нашем маленьком городке. Они, как нежно влюблённые, проводили целые дни на пляже в сопровождении двух собак. И казалось, все уже привыкли к устойчивому сочетанию «Цугуми плюс Кёити», ибо в этом не чувствовалось какой-либо дисгармонии. Вместе с тем многим они бросались в глаза, как двое влюблённых, блуждающих по чужой стране. Выражение их глаз, устремленных вдаль, вызывало в сердцах тех, кто их замечал, дорогие им воспоминания.

Дома Цугуми вела себя по-прежнему непредсказуемо. Она срывала на всех зло, разбрасывала всюду корм Пуча, никогда при этом не извиняясь, и ложилась отдыхать там, где ей хотелось, не заботясь даже о том, чтобы укрыться.

Но когда Цугуми была с Кёити, она вся так и светилась от счастья, и казалось, что она хочет как-то ускорить ритм своей жизни, наполнить каждое мгновение всеми земными радостями. В моей душе это вызывало болезненное беспокойство, ибо те часы, которые она проводила с Кёити, иногда вызывали у меня ассоциацию с редкими яркими лучами солнца, пробивающимися в разрывы облаков в пасмурный день. Чувства господствовали над её физическими возможностями, и она жила в одном ослепительном мгновении, что не могло не сократить продолжительность её жизни.

— Мария!! — раздался радостный громкий голос, и я увидела, как отец машет мне рукой из окна автобуса.

Я вскочила и побежала на остановку. Огромный автобус медленно поворачивал с дороги на стоянку. Открылись двери, и в потоке пестро одетых туристов появился мой отец.

Мама не приехала. По телефону она сказала, что при виде летнего моря совсем расстроится и будет всё время плакать. Она лучше приедет осенью, когда будет закрываться гостиница, и проведёт здесь последние дни перед прощанием. Отец настоял на своём и сказал, что он всё же поедет даже на один день, ибо давно мечтал провести отпуск со своей взрослой дочерью. Было немного странно, что всё так переменилось. Раньше он каждую субботу приезжал навестить маму и меня, и помню, как с детских лет каждое лето я в шляпе и сандалиях сидела на ступеньках автобусной остановки и с удовольствием ожидала его приезда. Отца укачивало на теплоходе, поэтому он всегда приезжал на автобусе. Мама часто не могла оторваться от дел в гостинице, поэтому днём на остановку приходила я одна и выискивала отца в окнах приходящих один за другим автобусов.

Так было и осенью, и зимой, но вспоминается мне только лето. В яркий солнечный день отец, широко улыбаясь, спускался по ступеням автобуса.

В этот день было особенно жарко, и отец надел солнечные очки, что его значительно омолодило. Я настолько была поражена его внешним видом, что показалось, будто время обернулось вспять и мне самой только девятнадцать лет. От жары кружилась голова, и у меня было такое чувство, что я не могу вымолвить ни слова.

— Как здесь пахнет морем, — со вздохом сказал отец, когда слабый ветерок взъерошил его волосы.

— Добро пожаловать, — сказала я.

— Ты вновь превратилась в местную девушку. Стала совсем чёрной, — пошутил он.

— Как мама?

— Она всё же не решилась приехать. Сейчас отдыхает дома. Передаёт тебе привет.

— Я так и подумала. Тётя Масако сказала то же самое. Давно мы с тобой не виделись.

— Действительно, — тихо сказал отец.

— Что будем делать? Сначала занесём вещи, поздороваемся с тётей и дядей, а потом?.. Поедем куда-нибудь на машине?

— Нет, пойдём купаться, — радостно сказал отец, будто давно ждал этой возможности. — Как бы там ни было, я ведь приехал, чтобы и покупаться.

———

Раньше отец не купался.

Он не хотел, чтобы море вторгалось в тот небольшой промежуток времени, который мы могли провести вместе, и чтобы недолгое спокойствие нашей семьи было нарушено шумом и яркостью летнего пляжа. Хотя моя мама фактически была любовницей женатого человека, она никогда не боялась показаться с ним на людях, поэтому вечерами, закончив работу в гостинице, она делала себе причёску, переодевалась и, взяв меня, отправлялась на прогулку с отцом. Эти часы, которые мы проводили втроём, идя по берегу навстречу наступающим сумеркам, были самыми счастливыми в нашей жизни. На фоне тёмно-синего неба вокруг нас танцевали стрекозы, обычно ветер к этому времени уже стихал, и жаркий воздух, пахнущий морем, окутывал нас. Я ела мороженое, но его вкус, казалось, не отвечал важности момента. Овал белого лица матери красиво смотрелся на фоне оставшихся на краю неба облаков, до которых ещё доставали лучи солнца. Рядом с ней, касаясь её плеч, твёрдой походкой шёл отец, по внешнему виду которого нельзя было предположить, что он только вчера приехал из Токио.

Ветер нарисовал на песке причудливые узоры, и на пустынном пляже был слышен только шум набегающих волн.

Когда кто-то постоянно уезжает и приезжает, тобой овладевает ощущение одиночества. И отсутствие отца иногда навевало на меня чувство одиночества, которое несло с собой смутную тень смерти.

Когда я просыпалась в понедельник утром, отца уже не было, как будто он и не приезжал. Я была ещё ребёнком, и в этот момент мне было даже страшно вылезать из постели. Я всё оттягивала тот момент, когда могла спросить маму, действительно ли уехал отец, и, только успевала погрузиться в беспокойный сон, как мама стягивала с меня одеяло и говорила с улыбкой:

— Вставай, а то опоздаешь на зарядку.

Светлая улыбка на её лице возвращала меня к тем дням, которые мы проводили без отца, и я успокаивалась.

— А где папа? — спрашивала я ещё сонным голосом.

Мама отвечала:

— Он уехал утром в Токио первым автобусом.

Я продолжала лежать ещё некоторое время, глядя в окно на наступающее утро и вспоминая события предыдущего приезда отца. Как я встретила его автобус, как он обнял меня своими большими руками и не отпускал их, хотя мне было очень жарко, как мы втроём гуляли по пляжу вечером.

Как всегда в это время, за мной заходила Ёко, и мы отправлялись в парк делать под радио утреннюю гимнастику.

Наблюдая, как мой отец постепенно исчезает в далёких волнах, я неожиданно отчётливо вспомнила то, что чувствовала в детстве по утрам в день его отъезда.

Как только мы пришли на пляж и переоделись, отец уже не мог больше ждать.

— Мария, я иду первым! — крикнул он и побежал к краю волнореза.

Меня поразило, что его предплечья представляли собой точную копию моих. Этот человек несомненно является моим отцом, подумала я, натирая тело кремом от загара.

Солнце стояло высоко и нещадно палило, превращая всё, что было внизу, в белую, режущую глаза массу. Море было спокойное, почти как большое озеро. Издавая, как в детстве, крики: «Холодно, холодно!» — отец погрузился в воду и поплыл. Создавалось впечатление, что море тащит его в свои голубые просторы и готово поглотить. Я вскочила и бросилась следом. Вода в первое мгновение показалась холодной, но затем я ощутила приятное чувство оттого, как она ласкала моё тело. Подняв из воды голову, я увидела незабываемую картину моря, окружённого густой зеленью гор на фоне бездонно-голубого неба.

Отец уже заплыл достаточно далеко. Он ещё достаточно молод, но уже довольно стар, чтобы впервые в жизни содержать семью. Его голова то появлялась, то исчезала среди волн впереди меня, и какое-то непонятное беспокойство вдруг овладело мной. Может, это было из-за прохладной воды или из-за того, что я плыла там, где ноги уже не доставали дна.

Или ослепительное солнце и облака каждый раз меняли своё положение, когда я поднимала голову из воды и смотрела на них. Мне стало казаться, что отец может заблудиться в волнах, исчезнет вдали за ними и больше не вернётся… Нет, совсем не то. Меня не беспокоило что-то физическое. Я до сих пор не могла полностью осознать нашу жизнь в Токио. Здесь, в море, где вокруг меня было столько воды и недалеко трепетали флажки заградительных буйков, я могла воспринимать наш дом в Токио только как далёкую мечту. Я видела своего отца, который плыл недалеко от меня, рассекая воду руками, но и это в тот момент было для меня частью далёкой мечты. Может быть, в глубине моего сердца все последние события, и прежде всего наш переезд в Токио, всё ещё не встали на свои места и я продолжала быть маленькой девочкой, которая каждую субботу ждала своего отца. В прошлом, когда отец приезжал особенно усталым и это было видно по его лицу, мама без упрёка и озабоченности говорила ему: «Если с тобой сейчас что-то серьёзное случится, мы с Марией не сможем приехать в Токио и даже не сможем прийти на твои похороны. Я не хочу, чтобы это случилось, поэтому позаботься о своём здоровье».

И хотя я была ребёнком, в те дни меня никогда не покидало беспокойство, что отец в любой момент может далеко уехать и не вернуться.

Пока эти мысли проносились у меня в голове, отец повернулся ко мне и сощурился от яркого солнечного света. Я быстро приблизилась к нему, и он сказал:

— Я ждал тебя, чтобы дальше плыть вместе.

Поднятые нами миллионы брызг так сверкали на солнце, что захватывало дух. Мы плыли рядом друг с другом к качающемуся на волнах бую, но разные мысли продолжали путаться в моей голове.

Завтра отец сядет на скоростной экспресс, нагруженный пакетами с вяленой рыбой и другой морской снедью. Мама, хлопоча на кухне, будет расспрашивать его обо мне и других наших родственниках. Представшая перед глазами воображаемая сцена наполнила меня глубокой радостью. Да, хотя я скоро и расстанусь с родными местами моего детства, но у меня есть полноценный дом, куда я могу вернуться.

Когда мы вышли из моря и я легла на песок, то вскоре почувствовала, как на мою ладонь наступила голая пятка. Это была Цугуми. Она стояла против яркого света, и её белая кожа и широко раскрытые глаза ослепительно блестели.

— Зачем ты это сделала? — спросила я.

— Ты должна быть благодарна, что я не наступила в сандалиях.

Наконец она убрала свою тёплую ногу с моей руки и надела сандалии. Лежащий рядом отец приподнялся.

— А, Цугуми! — приветствовал он её.

— Дядя, здравствуйте. Давно не виделись, — с улыбкой сказала она, присев рядом с нами на корточки.

Прошло уже много времени, как мы перестали посещать одну и ту же школу, и её предназначенная для окружающих улыбка, как ни странно, вызвала у меня грустные воспоминания. Я вспомнила её в школьной форме, а также её лицемерное поведение. Я подумала, обратил ли бы он на нее внимание Кёити, если бы ходил в одну с ней школу, но сразу решила, что да. Он так же, как и Цугуми, имел особый взгляд на окружающий мир, когда всё внимание концентрируется только на одном человеке; такие люди находят друг друга даже с завязанными глазами.

— Цугуми, куда ты направляешься? — спросила я.

К этому времени поднялся ветер, и я чувствовала, как мелкие песчинки бились о мои ноги.

— У меня свидание. Ты не возражаешь? — с любезной улыбкой ответила Цугуми. — Я не из тех, кто впустую проводит время со своими родителями, купаясь в море.

Я, как всегда, промолчала, а на лице отца, который не привык к манере Цугуми, появилось несколько озадаченное выражение.

— Когда мы столько времени живём отдельно, взрослая дочь вполне может завести любовника, — сказал он. — Цугуми, если у тебя есть время, посиди с нами и полюбуйся морем.

— Мужчины, как всегда, склонны отпускать грубые шуточки. Хорошо, я посижу с вами. Я всё равно из-за своего нетерпения слишком рано вышла из дома. — Сказав это, Цугуми плюхнулась на нашу подстилку и стала смотреть на море, щурясь от яркого света. Стоящий рядом с ней пляжный зонтик издавал громко хлопал под порывами ветра, и я не могла оторвать глаз от этой мирной картины.

— Цугуми, ты, кажется, влюбилась? — сказал отец.

По характеру он добрый человек. В прошлом доброта часто мешала ему в жизни, но сейчас, когда всё встало на свои места, он выглядел спокойным и умиротворённым, как горы вокруг нас, освещённые ярким солнечным светом.

— О, конечно, вы об этом знаете, — сказала Цугуми и легла рядом со мной, подложив под голову мои вещи.

— Если будешь загорать на солнце, у тебя опять поднимется температура, — забеспокоилась я.

— Если женщина любит, то она становится сильной, — рассмеялась в ответ Цугуми.

Я молча закрыла её лицо своей шляпой.

— Разумеется, это благодаря заботам Марии я всё ещё жива, моя кожа такая белая и ем я с аппетитом, — съязвила Цугуми и надела шляпу на голову.

— Цугуми, ты значительно окрепла, — обрадовался отец.

— Как мило с вашей стороны заметить это.

Мы все трое лежали в ряд и смотрели на небо, и в этом, казалось, было что-то странное. Иногда по нему ползли лёгкие облака и исчезали вдали.

— Ты сильно влюблена в него?

— Но не так сильно, как вы, дядя. Столько времени вы были в роли приезжающего мужа? Я всё думала, чем это кончится, и рада, что вы довели дело до конца.

Эти двое хорошо ладили между собой. Отец Цугуми не был особенно гибким человеком, и я не раз была свидетелем сцен за ужином, когда после каких-то замечаний Цугуми он выходил из себя и молча покидал своё место за столом. Но Цугуми это не трогало, и она продолжала жить так, как хотела. Мой отец отнюдь не был нерешительным человеком, но он понимал разницу между плохими и хорошими намерениями. Поэтому знал, что Цугуми по своей сути не злой человек.

Их беседа была настолько доброжелательной, что я с восхищением прислушивалась к ней.

— Не в моём характере не доводить до конца своих решений, но в этом случае очень многое зависело от моего партнёра, — усмехнулся отец.

— У тёти сильный характер, и, что ни говори, она красавица. Я думала, что тётя навсегда останется здесь и дядя так и будет приезжающим мужем. Разве это не верный путь любящих сердец?

— Если бы был виден конец, то, возможно, так бы и случилось, — серьёзно сказал отец.

Глядя на него, можно было подумать, что он разговаривает не с молодой девушкой, а с богиней судьбы.

— Любовь — это такое чувство, которое ты замечаешь, когда оно уже захватило тебя, и это не зависит от возраста. Однако она бывает двух видов. Один — это когда ты видишь её конец, другой — когда конца не видно. И ты это должен понять сам. И когда не видишь конца, то это означает, что ты на пороге чего-то огромного. Когда я познакомился с моей нынешней женой, сразу почувствовал, что будущее безгранично. Поэтому считаю, что нам даже не обязательно было жениться.

— А что бы тогда произошло со мной? — попыталась пошутить я.

— У нас была бы ты, и мы были бы счастливы. — Отец потянулся, как молодой, и окинул взглядом море, горы и небо. — Во всяком случае, мне нечего сказать, всё получилось великолепно.

— Мне нравятся такие простые высказывания. Дядя поразительный человек, способный вызвать меня на откровенность, — сказала Цугуми с серьёзным выражением на лице.

Отец радостно рассмеялся:

— Цугуми и раньше, наверное, пользовалась успехом. Но ты когда-нибудь чувствовала себя так, как сейчас?

Цугуми, склонив голову набок, тихо стала рассуждать:

— Может показаться, что вроде что-то было, но нужно определённо сказать, что такого не было. До сих пор, чтобы ни случилось, даже если парень начинал плакать передо мной, хватать меня за руку, касаться моего тела, хотя он мне и нравился, у меня было чувство, что я стою на берегу реки и наблюдаю пожар на противоположной стороне, а когда он заканчивается, мне становится скучно и тянет ко сну. Любой пожар догорает. Я часто задумывалась — чего хотят парни от любви в нашем возрасте?

— Я согласен с тобой. Если человек не получает в ответ то, что даёт, он обязательно когда-нибудь уйдёт, — сказал отец.

— Однако с Кёити совсем по-другому. Я действительно чувствую, что тоже участвую в наших встречах, может, правда, это из-за собак. Но Кёити совершенно другой. Сколько бы раз мы ни встречались, он мне не надоедает. И каждый раз, когда я смотрю в его глаза, мне так и хочется натереть его лицо мороженым или чем-нибудь ещё, что у меня в руках. Вот так я люблю его.

— Я не думаю, что Кёити это понравится, — ввернула я, хотя их слова заставили меня глубоко задуматься.

Горячий песок всё больше засыпал ступни моих ног. В такт набегающим волнам я почувствовала желание повторять как молитву: «Пусть отныне только хорошее будет случаться с тобой».

— Когда-нибудь познакомь меня с этим мальчиком, — попросил отец, и Цугуми кивнула в знак согласия.

На следующий день я проводила отца, который сел на автобус-экспресс, идущий прямо в Токио.

— Маме передай привет, — сказала я.

Загорелый отец в обеих руках держал сумки с морепродуктами, и я не представляла, как они это всё съедят. Определённо мама будет раздавать продукты соседям. В моей памяти всплыла знакомая картина: засаженные деревьями улицы Токио, необычно тихий ужин, звук шагов вернувшегося отца.

Автобусная остановка была освещена лучами заходящего солнца. Уносящий отца автобус медленно выехал на хайвей, и, пока он не исчез из виду, отец махал мне рукой.

На пути в гостиницу мною овладело чувство одиночества. Мне хотелось сохранить в своём сердце особое ощущение прогулки по этой дороге, с которой я должна буду расстаться в конце лета, и не забыть в надвигающихся сумерках ни об одной частичке этого быстро меняющегося мира.

Фестиваль

Вскоре после того, как число отдыхающих достигает своего пика и начинает постепенно сокращаться, в городе проводится традиционный летний фестиваль, который в основном предназначен для местных жителей. Главные события разворачиваются около большого синтоистского храма, расположенного в ближайших горах. Вдоль дороги к храму устанавливаются ряды палаток, а на площади перед ним воздвигается сцена для исполнения местных ритуальных танцев о-бон и кагура. На берегу моря идут приготовления для большого фейерверка.

Как раз в тот момент, когда предпраздничная суета охватывает весь город, неожиданно замечаешь первые, пусть пока совсем небольшие, признаки надвигающейся осени. Солнце всё ещё такое же жаркое, но ветер с моря становится более мягким, и песок уже не такой горячий. Периодически идёт мелкий дождь, который смачивает рыбацкие лодки, пришвартованные вдоль берега. Всё больше начинаешь понимать, что лето поворачивается к тебе спиной.

В один из дней накануне фестиваля у меня неожиданно поднялась температура, пришлось лечь в постель. Видимо, я слишком перевозбудилась во время подготовки к празднику. Случилось так, что Цугуми тоже слегла, и Ёко пришлось выполнять роль медицинской сестры, курсируя между нашими комнатами с пакетами льда и жидкой рисовой кашей, которая должна была нас вылечить. При этом она всё время повторяла, что мы должны обязательно выздороветь до начала фестиваля.

У меня редко поднимается температура, поэтому от одного того, что я узнала, что она выше тридцати восьми градусов, у меня закружилась голова. Ничего не оставалось делать, как лежать с красным от жара лицом.

Ближе к вечеру, как обычно даже не постучав, раздвинув двери, вошла Цугуми.

Я лежала, повернувшись к окну, за которым далеко простиралось небо, красное от вечернего заката. Во всём теле я чувствовала вялость и продолжала смотреть в окно, не испытывая ни малейшего желания разговаривать с Цугуми.

— Ну что, температура? — спросила она и толкнула меня ногой в спину.

Мне ничего не оставалось, как повернуться к ней лицом. Её волосы были завязаны сзади в пучок, и, одетая в светлую пижаму цвета морской волны, она выглядела вполне здоровой.

— Не похоже, что у тебя температура, — сказала я.

— Такая температура для меня нормальная, — улыбаясь, сказала Цугуми и неожиданно схватила мою руку, которая лежала поверх одеяла.

— Да, одинаковая.

Обычно, когда у Цугуми жар, её рука бывает на удивление горячей, но сейчас действительно этого не чувствовалось.

Цугуми привыкла к высокой температуре. Когда я подумала, что она постоянно живёт с ней, меня охватило глубокое волнение. При высокой температуре мир вокруг тебя как бы вращается быстрее, тело становится тяжёлым, а сердце так и стремится вырваться наружу. Твои мысли часто концентрируются на вещах, которые обычно и не замечаешь.

Цугуми, сев на корточки около моей подушки, сказала:

— Если говорить только о темпераменте, то у меня его хватит на двоих.

Я рассмеялась:

— Если бы можно было жить на одном темпераменте.

Цугуми тоже улыбнулась.

Этим летом Цугуми была чрезвычайно красива. Казалось, каждый был готов смотреть на неё не отрывая взгляда. Довольная улыбка на её лице была подобна весеннему снегу на вершинах гор.

— Когда у тебя температура, мир вокруг выглядит каким-то странным. И это приятно, — странно сощурив глаза, сказала Цугуми. Она была похожа на маленького зверька, который радовался, что нашёл себе подругу.

— Верно, он выглядит более свежим, — сказала я.

— Такие как я, у которых часто бывает жар, постоянно болтаются между этими двумя мирами и в конце концов теряют ощущение, какой из них настоящий. И, таким образом, жизнь проходит на большой скорости.

— Поэтому чувствуешь себя всё время немного опьяневшей.

— Да-да, именно так.

Улыбаясь, Цугуми встала и так же неожиданно вышла из комнаты, как и вошла, а в моих глазах ещё долго стоял её образ.

В ночь перед фестивалем Цугуми и я полностью выздоровели. Мы решили идти вчетвером: Цугуми, Кёити, я и Ёко. Цугуми была особенно радостно настроена оттого, что сможет показать Кёити, как проходит фестиваль в нашем городе.

Каждый год на этот фестиваль мы надевали лёгкие кимоно и сейчас помогали друг другу обернуть оби и завязать специальный узел на спине. Наши кимоно были голубого цвета с рисоваными белыми цветами. Мы разложили розовые и красные оби на татами в большой комнате гостиницы, чтобы подобрать подходящие к нашим кимоно. Я выбрала для Цугуми красное оби и, обёртывая его, поразилась, насколько тонкая у неё талия. Сколько бы я ни затягивала оби, всё равно оставалась щёлочка, и в конце концов у меня создалось впечатление, что я держу в руках не талию Цугуми, а только оби. Это меня очень расстроило.

Когда мы, переодевшись, в вестибюле на первом этаже смотрели телевизор, пришёл Кёити. На нём была его обычная одежда, и Цугуми упрекнула его за то, что он не создаёт праздничную атмосферу. Однако он тут же показал свою ногу, обутую в новенькие деревянные сандалии на высокой подошве. Вопреки обычаю Цугуми не стала хвалиться своей одеждой, а взяла его, как ребёнка, за руку и поторопила: «Пошли скорее, а то не успеем осмотреть все лавочки до начала фейерверка», сказав это чрезвычайно ласково.

— Ой, что это? Кёити, что у тебя на лице?

Пока Ёко не сказала этого, мы ничего не замечали. Кёити стоял в тёмной части вестибюля, и только сейчас мы увидели, что под его глазом был синяк, который, правда, уже начал проходить.

— Похоже, мой отец узнал, что мы встречаемся, и ударил его! — возмутилась Цугуми.

— Это так, — горько усмехнулся Кёити.

— Неужели это правда? — спросила я.

— Не знаю. Отец не испытывает ко мне большой любви, — со смехом сказала Цугуми.

Так и не узнав всей правды, мы вышли из дома.

Рассеянно глядя на сверкающий Млечный Путь, мы добрели до конца улицы и миновали пляж. Из динамиков была слышна музыка танца о-бон, которую ветер разносил по всему городу. Вдоль берега горели маленькие фонарики, и, возможно, поэтому море и бегущие по нему волны казались темнее обычного. В медленной походке гуляющих людей улавливалась грусть об уходящем лете. Казалось, что весь город вышел на улицы.

Здесь было несколько наших старых друзей, с которыми мы учились в начальной, в средней и старших классах средней школы. С улыбками мы махали друг другу руками, обменивались короткими приветствиями и расходились в разные стороны. Звуки флейт, взмахи раскрытых вееров, порывы ветра, несущие запах солёной воды, — всё это смешивалось в одно целое и текло, как плывут по реке бумажные фонарики.

Атмосферу фестиваля невозможно запомнить, остаётся только ждать следующего. Если не хватает всего лишь мелких деталей, невозможно восстановить всю его картину, его «душу». Смогу ли я быть здесь в следующем году? Или буду с тоской вспоминать о нем под небом Токио? Эти мысли проносились у меня в голове, когда мы шли вдоль рядов сувенирных лавочек.

Когда мы встали в длинную очередь желающих поклониться божеству в главном здании храма, произошёл небольшой инцидент. Не желая стоять в очереди, Цугуми решила не ходить в храм, но я и Ёко настойчиво уговаривали её, и она была вынуждена согласиться с нами.

— Вы действительно серьёзно верите в божество? И в этом-то возрасте? Вы подойдёте к алтарю, бросите деньги, ударите в ладоши, и что будет? — насмехалась она над нами.

Кёити в это время, как всегда, молчал, слегка посмеиваясь. Он вёл себя вполне естественно, хотя все заметили насколько эгоистично вела себя по отношению к нему Цугуми. Цугуми вообще могла искусно притягивать к себе людей, подобных Кёити, и в какой-то момент это стало для неё потребностью.

Когда мы вошли на территорию храма, там была страшная неразбериха. Очередь тянулась до самой лестницы. Беспрерывно звонили колокольчики, и были слышны звуки падающих монет. Шаг за шагом мы подвигались к главному зданию храма, болтая обо всём, что придёт в голову. Иногда, раздвигая нас, люди пробирались на другую сторону очереди, что было вполне естественно, так как все стояли, тесно прижавшись друг к другу. Неожиданно появился один парень, который грубо растолкал Кёити и Цугуми и попытался пройти между ними. Он был молодой и сухопарый и по внешнему виду напоминал местных хулиганов. За ним шли два-три таких же, как и он, приятеля.

Конечно, мы возмутились. Однако реакция Кёити была совершенно невероятной. Он неожиданно снял деревянную сандалию с одной ноги и изо всей силы ударил ею по голове первого парня.

Я была потрясена.

Парень вскрикнул и обернулся. Глаза его раскрылись от изумления, и он поспешил в темноту. Его дружки, расталкивая очередь на лестнице, последовали за ним.

Все вокруг замолчали, пытаясь осмыслить то, что произошло, но уже через некоторое время очередь вновь стала двигаться, и шум возобновился. Только мы втроём продолжали пребывать в недоумении.

Наконец Цугуми прервала молчание:

— Даже я не зашла бы так далеко.

Ёко и я прыснули со смеху.

— Вы не поняли, в чём дело. — Свет падал на мрачный профиль Кёити, но скоро его лицо приняло обычное спокойное выражение. — Эти парни посадили мне это, — серьёзно сказал он, показав на синяк под глазом. — Они напали на меня в темноте, и я точно не могу сказать, кто ударил меня. Но сейчас я уверен, что это сделал этот тип. Так ему и надо.

— Зачем они на тебя напали? — спросила я.

— Мой отец не очень популярен здесь. Для строительства отеля он скупил окружающую землю. Кому понравится, когда неожиданно приходит посторонний человек, возводит отель и переманивает к себе отдыхающих? Мы знали, что наживём врагов, но родители и я все же решились на это. Лет через десять, определённо, всё успокоится и нас будут принимать за своих.

— Но это не имеет никакого отношения к тебе, не так ли? — сказала я. Но при этом подумала, что в нём есть то, что вызывает у других чувство зависти. Он появился в городе со своей собакой, самостоятельно живёт в гостинице и проводит время, гуляя по городу, который скоро станет также и его домом. И ему не потребовалось много времени, чтобы очаровать самую красивую девушку. Этот строящийся огромный отель в конечном счёте будет принадлежать ему. Естественно, в этом мире найдутся люди, которые ненавидят таких, как Кёити.

— Не думаю, что надо особенно беспокоиться, — добавила Ёко. — И я говорю это не потому, что мы все, за исключением тебя, скоро уезжаем отсюда. Ты очень понравился моей маме. Пару дней назад я слышала, как она сказала моему отцу, что если такие люди, как ты, будут приезжать и жить здесь, то город станет значительно лучше. К тому же послушай, Кёити, все в гостинице «Накахамая», где ты живёшь, уже знают, кто ты, но они любят тебя и Гонгоро. И ты сам им во многом помогаешь, верно? Если ты за одно лето уже приобрёл столько друзей, я уверена, что всё будет хорошо. Когда ты начнёшь жить здесь постоянно, тебя быстро станут считать своим.

Ёко всегда требовалось много времени, чтобы выразить то, что она хотела сказать. И она делала это с такой страстью, что чуть ли не вызывала слёзы на глазах слушателей. Кёити просто ответил, что он согласен со сказанным. Я только кивнула в знак согласия. Цугуми всё время, пока говорила Ёко, напряженно смотрела только вперёд, но я чувствовала по лёгким движениям красного оби на её спине, что она внимательно слушает.

Наконец подошла наша очередь, мы позвонили в колокольчик и сложили руки для молитвы.

Цугуми заявила, что, так как есть ещё время до фейерверка, она хочет поиграть с Гонгоро, и мы вчетвером отправились в гостиницу, где остановился Кёити. Гостиница была расположена рядом с пляжем, так что мы могли быстро добежать до него, когда начнётся представление.

Гонгоро сидел на цепи в саду и, как только увидел Кёити, стал радостно прыгать и кувыркаться. Цугуми побежала и стала играть с ним, не обращая внимания, что пачкает о землю подол кимоно.

— Эй, Гонгоро! — кричала она.

Наблюдая за ней, Ёко сказала со вздохом:

— Цугуми всё-таки любит собак.

— И никто об этом не знал, — рассмеялась я.

Цугуми обернулась с недовольным лицом:

— Во всяком случае, собака тебя не предаст.

— Согласен, — сказал Кёити. — Я думаю об этом каждый раз, когда чешу живот Гонгоро.

Он всё ещё практически щенок и, видимо, будет получать пищу из моих рук до тех пор, пока не умрёт. Он будет всё время со мной, и уже это поразительно. По крайней мере, с человеком этого не может произойти.

— Ты говоришь о том, что собака не может предать? — спросила я.

— Я, может, не могу точно выразиться, но люди постоянно вступают в контакт с чем-то новым, и это оказывает влияние на них, они что-то забывают, с чем-то расстаются, и с этим ничего нельзя поделать. Это всё потому, что мы должны многое делать, но всё же…

— Я понимаю, что ты имеешь в виду, — сказала я.

— Это как раз то, что и я имела в виду, — отреагировала Цугуми, продолжая забавляться с Гонгоро.

В саду этой гостиницы было очень много цветов, за которыми хорошо ухаживали. В некоторых окнах горел свет, около входа были слышны голоса людей, идущих на фестиваль или уже возвращавшихся, и стук деревянных сандалей о тротуар.

— Сегодня звёзды красивые, не правда ли? — Ёко смотрела на небо. На фоне нежного свечения Млечного Пути весь небосвод был усыпан яркими звёздами, которые, казалось, стремились навстречу друг другу.

— Кёити, это вы в саду?

Я повернулась к окну, откуда раздался голос. Это определённо была кухня, и женщина, которая выглядывала из окна, была служащей гостиницы.

— Да, это я, — ответил Кёити.

— Вместе с вами ваши друзья, не правда ли? Я слышала голоса, — заинтересовалась она.

— Да, трое моих друзей здесь, вместе со мной.

— Почему бы вам не отведать это? — И женщина протянула большое стеклянное блюдо, на котором лежали мелко порезанные кусочки арбуза.

— Большое спасибо. Я очень благодарен, — сказал Кёити, принимая блюдо.

— В саду уже темно, может, вы перейдёте в столовую?

— Нет, спасибо, здесь хорошо. Благодарю за заботу, — улыбнулся Кёити.

Мы все выразили свою благодарность и слегка поклонились в направлении окна.

Женщина в ответ улыбнулась нам.

— Не нужно благодарить. Кёити всегда помогает нам в гостинице. Мы не имеем ничего против него, хотя он и сын хозяина отеля. Его здесь все любят. Послушайте, Кёити, когда ваш отель будет построен, посылайте постояльцев и к нам. На каждый третий телефонный звонок с просьбой зарезервировать номер отвечайте, что свободных номеров у вас уже нет, и настоятельно рекомендуйте гостиницу «Накахамая». Вы поняли меня, Кёити? — спросила женщина.

— Я хорошо вас понял, — ответил Кёити.

Женщина засмеялась и закрыла окно.

— Кёити, ты, похоже, пользуешься большим успехом у пожилых женщин, — сказала Цугуми, взяв с тарелки кусок арбуза.

— Это можно было бы попытаться выразить другими словами, — сказала Ёко, но Цугуми даже не изменилась в лице и, обливаясь потом, продолжала есть арбуз.

— Ты действительно так много им помогаешь? — спросила я. — Никогда не слышала, чтобы гость помогал служащим гостиницы.

— Иногда я не знаю, на что потратить время, вот и помогаю. У них не хватает персонала, и поэтому они чрезвычайно заняты утром и вечером. Поэтому они позволили держать в гостинице Гонгоро, а также бесплатно меня кормят, — улыбаясь, ответил Кёити.

Я почувствовала, что тётя Масако была права, когда говорила, что, даже когда мы уедем, с Кёити всё будет хорошо.

Арбуз был немножко водянистый, но сладкий, и мы ели его кусок за куском, сидя в тёмном саду. Вода из шланга, которой мы затем ополоснули руки, была очень холодной, и она образовала маленький ручеёк около нас. Гонгоро первое время с завистью наблюдал, как мы едим, а затем улёгся в траве и закрыл глаза.

Взрослея, мы сталкиваемся с различными явлениями и сами постоянно меняемся. Если бы я хотела остановить время, то выбрала бы этот вечер. Находиться там, с ними, — и больше не надо ничего. Я была вся переполнена тихим, спокойным счастьем.

———

— Это моё самое лучшее лето, — с чувством сказал Кёити.

Цугуми, как бы отвечая ему, заявила:

— Арбуз был великолепен.

Внезапно в небе раздался громкий треск и послышались радостные голоса.

— Начался фейерверк! — вскочила Цугуми. Её глаза сияли.

В небе за гостиницей мы увидели большой расширяющийся огненный шар и бросились на пляж.

Вчетвером мы сидели на берегу и, зачарованные, смотрели на разворачивающийся над морем огненный спектакль, который, казалось, не встречая сопротивления, приходил к нам прямо из космоса.

Ярость

Когда Цугуми впадает в ярость, она как будто превращается в ледышку, но это случается только тогда, когда она по-настоящему выходит из себя.

Всем известно, что Цугуми постоянно раздражается по разным поводам, пунцовеет и кричит на всех, кто попадается ей на пути, но в данном случае я имею в виду не эти проявления её несносного характера, а те сравнительно редкие приступы ярости, когда она полностью теряет контроль над собой, становится совершенно другим человеком и готова испепелить полным ненависти взглядом своего противника. Она становится мёртвенно-бледной, и когда я вижу её в таком состоянии, то вспоминаю, что свет далёкой звезды, по мере повышения ее температуры, меняется с красного на белый. Но даже я, которая столько лет провела рядом с ней, редко видела её в такой ярости.

Это случилось, когда Цугуми перешла в среднюю школу. В то время мы все учились в одной школе, но в разных классах. Была большая перемена, и на улице шёл сильный дождь, поэтому все ученики развлекались как могли, и кругом стоял страшный гам. К тому же потоки дождя били в оконные стёкла, и всё это воспринималось нами как шум бушующего моря.

Неожиданно, покрывая всю эту какофонию звуков, раздался громкий треск разбиваемого стекла. В классах на мгновение наступила полная тишина, которая сменилась ещё большей суматохой, когда все бросились в коридоры и кто-то крикнул, что стекло разбилось на террасе. Скучавшие ученики бросились к террасе, которая была расположена в конце коридора на втором этаже за большой стеклянной дверью. На террасе было расставлено много горшков с растениями для классных занятий, клетка с кроликом, лишние кресла и много других ненужных в этот момент предметов. Когда я приближалась к террасе позади большой толпы учеников, мне пришло в голову, что мы, наверное, слышали звон разбиваемого стекла входной двери.

Посмотрев поверх стоящей впереди галдевшей толпы, я увидела картину, которая меня глубоко потрясла. Посередине осколков стекла стояла Цугуми.

— Показать тебе ещё раз, насколько я здоровая? — неожиданно выпалила она. Её голос был почти без интонации, но в нём чувствовалась большая сила.

Я проследила за взглядом Цугуми и увидела бледную как полотно девочку из одного с ней класса, с которой у неё были очень плохие отношения.

Я поспешно спросила у стоящей рядом девочки, что произошло, и та, оговорившись, что не знает подробностей, рассказала, что Цугуми выбрали от класса участвовать в марафоне, но она отказалась, и эту девочку назначили вместо неё. Она была этим расстроена и во время перемены вызвала Цугуми в коридор и, как говорят, сказала ей что-то обидное. После этого Цугуми молча подняла стул и бросила его в стеклянную дверь.

— Повтори ещё раз то, что ты только что сказала, — сказала Цугуми.

Девочка ничего не могла вымолвить, все окружающие затаили дыхание. Никто даже не побежал за учителем. Цугуми, наверное, порезала себя осколком стекла, так как её лодыжка была испачкана кровью, но она не обращала на это внимания, а только продолжала в упор смотреть на девочку. И в этот момент я заметила, насколько устрашающим был её взгляд. Это не был взгляд какого-нибудь хулигана, это был взгляд сумасшедшего. Глаза Цугуми жутко блестели и, казалось, смотрели в бездонную пустоту.

Вспоминая этот случай, я прихожу к выводу, что с того дня Цугуми, видимо, перестала показывать в школе свой истинный характер и это был последний устроенный ею спектакль. Но я уверена, что все, кто при нём присутствовал, никогда его не забудут, как не забудут её фигуру, излучавшую мощную радиацию, и её глаза, наполненные такой ненавистью, которая была способна убить противника либо саму себя.

Я пробралась сквозь толпу учеников и подошла к Цугуми. Она бросила быстрый взгляд в мою сторону, в котором можно было прочитать, что она считает меня помехой, так что я даже заколебалась, не уйти ли мне.

— Цугуми, хватит уже, пошли, — сказала я, думая, что она, вероятно, сама хочет, чтобы кто-нибудь остановил её, ибо не знает, что ей дальше делать.

Окружающие ещё больше напряглись, следя за моими действиями, и я почувствовала себя матадором, который приблизился к быку.

— Цугуми, хватит, пошли домой! — Взяв её за руку, я была потрясена, насколько та была горячей. У этой девочки от гнева повышается температура, подумала я.

Посмотрев на меня холодным взглядом, Цугуми неожиданно вырвала свою руку, и, когда я, рассердившись, вновь хотела схватить её, девочка, с которой она была в ссоре, быстро повернулась на каблуках и убежала.

— Эй, подожди! — закричала Цугуми.

Я пыталась её удержать, и, когда, похоже, начиналась уже новая ссора, в этот раз между мною и Цугуми, на лестнице появилась Ёко.

— Цугуми, что происходит? — спросила она, бросившись к сестре.

Видимо осознав, что она уже ничего не сможет сделать, Цугуми, смирившись, неожиданно перестала буянить и одной рукой медленно оттолкнула меня. Ёко посмотрела на осколки стекла, на окружающих учеников, остановила свой взгляд на мне и повторила вопрос с озадаченным видом:

— Мария, что здесь случилось?

Я не знала, как ответить, ибо чувствовала, что любой ответ мог обидеть Цугуми. Причиной ссоры было здоровье Цугуми, и я знала, насколько болезненной для неё является эта тема. Когда я попыталась что-то ответить, Цугуми сказала тихим, тоскливым голосом, в котором чувствовалось, что она потеряла всякую надежду:

— Хватит об этом. К вам это не имеет отношения. — Затем она спокойно ударила ногой по осколкам стекла, которые со звоном разлетелись в разные стороны.

— Цугуми… — начала Ёко, но Цугуми, как бы показывая, что она не хочет больше об этом говорить, обхватила голову руками и стала трясти ею так сильно, что нам пришлось остановить её. Смирившись, она пошла в класс, надела ранец и, спустившись по лестнице, пошла домой.

Зрители тоже разошлись, осколки стекла были убраны, Ёко пошла к руководителю класса Цугуми просить прощения за происшедшее. Все разошлись по классам, прозвенел звонок, и занятия начались, как будто ничего не произошло. Только моя рука всё ещё была как онемевшая от прикосновения к необычайно горячему телу Цугуми. Я с изумлением смотрела на свою ладонь, вспоминая прошедшую сцену, и думала о том, что гнев Цугуми имеет свою собственную жизнь, проникнув во все поры её тела.

— Гонгоро пропал, похоже, что его украли. — Кёити только спросил, дома ли Цугуми, но его голос по телефону был слишком мрачным, и чувствовалось, что он спешит, поэтому я поинтересовалась, не случилось ли что-нибудь, и он мне рассказал. В голове у меня промелькнула неприятная сцена с враждующей с Кёити компанией, с которой мы столкнулись в храме.

— Почему ты так думаешь? — Спрашивая это, я почувствовала, как у меня в груди растет беспокойство.

— Его поводок был обрезан, — сказал Кёити спокойным тоном.

— Понятно. Я выхожу прямо сейчас. Цугуми в больнице, но ей передадут, как только она вернётся. Ты где?

— В телефонной будке у входа на пляж.

— Оставайся там, — сказала я и повесила трубку.

Попросив тётю сообщить Цугуми о случившемся, я вытащила из постели спящую Ёко и по дороге рассказала ей, что произошло. Кёити стоял у телефонной будки. Когда он увидел нас, выражение его лица слегка смягчилось, но взгляд остался по-прежнему суровым.

— Давайте разделимся и будем искать в разных местах, — предложила Ёко.

— Согласен. Я пойду в сторону города, а вы осмотрите берег. Если вы заметите парней, которые украли Гонгоро, не подавайте виду и сразу возвращайтесь сюда, — сказал Кёити. — Он очень сильно лаял, и мне это показалось странным. Но когда я вышел, было уже поздно. Что за скоты! — Затем он быстро пошёл по дороге, ведущей в город.

Я и Ёко, разделив берег на две части, пошли направо и налево. Уже приближалась ночь, и в небе появились первые звёзды. Во мне нарастало беспокойство. Я громко выкрикивала имя Гонгоро, сбегала к мосту, затем в ближайший лес, но в ответ не слышала никакого лая. Мне уже хотелось плакать. Каждый раз, останавливаясь, чтобы перевести дух, я замечала, что становится всё темнее и видимость уменьшается. Казалось, что море занимало собой всё большее пространство. Если Гонгоро будет тонуть в море, то я не смогу его даже увидеть. Эти мысли вызывали у меня всё большую тревогу.

Когда мы вернулись к дамбе, откуда начинали поиски, то были совершенно вымотаны и с нас буквально лил пот. Мы договорились вновь разделиться и поискать ещё, но прежде поднялись на край дамбы и стали хором кричать имя Гонгоро. Берег и море слились в густую тёмную пелену, которая окутала наши руки и ноги. Луч маяка периодически светил в нашу сторону, а затем вновь поворачивал в сторону моря.

— Ну что ж, пошли, — сказала я, но в этот момент, повернувшись к берегу, увидела прыгающий свет, похожий на прожектор, который пробивал густую темноту и двигался через мост в нашу сторону. Пересекая пляж, он медленно, но уверенно приближался к нам.

— Посмотри, не Цугуми ли это? — старалась перекричать я шум волн.

— Что?

Ёко повернулась ко мне. Растрёпанные ветром, её волосы блеснули в темноте.

— Посмотри на тот свет, который приближается к нам. Мне кажется, что это Цугуми.

— Где? — Ёко напряжённо вглядывалась в темноту. — Это далеко, и я не могу разобрать.

— Определённо это Цугуми. — Я чувствовала, что это должна быть она, так как свет двигался прямо на нас. Убеждённая в этом, я крикнула: — Цугуми! — и замахала в темноте руками.

И как бы в ответ фонарь описал в воздухе два круга. Как я и думала, это была Цугуми. Затем луч фонаря повернул в нашу сторону, и когда он осветил край дамбы, мы смогли разглядеть её маленькую фигурку.

Она молча приближалась к нам и излучала такую энергию, что, казалось, своими движениями она рассекает темноту. Она кусала губы, и её бледное лицо тускло освещал свет фонаря. Только увидев её глаза, я поняла, насколько она была разгневана. В левой руке она несла самый большой в гостинице фонарь, а в правой извивался Гонгоро. Он был совершенно мокрый и, казалось, уменьшился наполовину.

— Ты нашла его? Где? — Подпрыгивая, я бросилась к Цугуми. Лицо Ёко расплылось в улыбке.

— На другой стороне моста, — сказала Цугуми. Она передала мне фонарь и своей худой рукой крепче обхватила Гонгоро. — Он там барахтался в воде.

— Я позову Кёити! — крикнула Ёко и побежала на пляж.

— Мария, собери хворост, и мы разведём костёр, чтобы высушить собачонку, — продолжая держать Гонгоро, приказала мне Цугуми.

— Мы не можем здесь разводить костёр, потому что нам за это попадёт. Не лучше ли вернуться в гостиницу и воспользоваться там печкой? — ответила я.

— Если бы только собачонка была мокрой, то это ещё ничего. Но если я в таком виде вернусь, мне сильно попадёт от матери. Направь на меня фонарь, — попросила Цугуми.

Как мне и было сказано, я направила на Цугуми свет фонаря и была поражена. Всё ниже пояса было совершенно мокрым, и с неё ещё капала вода.

— В каком участке реки это случилось? — спросила я печально.

— Глупенькая, посмотри на меня и тебе станет понятно, какая там глубина, — сказала Цугуми.

— Ясно. Пойду соберу хворост и сразу вернусь, — ответила я и побежала к пляжу.

——

Сначала Гонгоро выглядел сильно напуганным и сидел, дрожа от страха, но затем успокоился и начал ходить вокруг костра.

— Он не боится огня. Ещё когда он был щенком, мы всегда брали его с собой, выезжая на природу, поэтому он привык к костру, — с нежностью во взгляде сказал Кёити. Свет от костра освещал его лицо.

Я и Ёко сидели рядом, тесно прижавшись друг к другу. Костёр был совсем небольшой, но он давал достаточно тепла, несмотря на холодную ночь и сильный ветер. Его свет достигал тёмных волн, набегающих на берег.

Цугуми продолжала стоять, не говоря ни слова. Её юбка стала подсыхать, но всё равно оставалась чёрной и липла к ногам. Цугуми, казалось, не замечала этого и пристально смотрела на огонь, постоянно подбрасывая в костёр обломки досок и ветки деревьев, которые я собрала. Глаза её так расширились, а кожа так светилась белизной, что мне было страшно даже заговорить с ней.

— Он уже хорошо подсох, — сказала Ёко, поглаживая Гонгоро.

— Послезавтра я увезу его домой, — заявил Кёити.

— Что? Ты уезжаешь домой? — спросила я.

Цугуми в изумлении уставилась на него.

— Нет, я только отвезу Гонгоро и вернусь. Из-за всех этих событий я опасаюсь оставлять его в гостинице, — сказал Кёити.

— Почему послезавтра? — спросила Ёко.

— Мои родители уехали и вернутся только послезавтра, и сейчас дома никого нет, — ответил Кёити.

— В таком случае почему бы нам не поместить Гонгоро в будку вместе с Пучем за нашей гостиницей? — предложила Ёко. — Там он будет в безопасности до послезавтра.

— Отличная идея, — согласилась я.

— Если это удастся сделать, то будет замечательно, — сказал Кёити.

И все мы, сидящие вокруг костра, внезапно почувствовали, что нас связывают тёплые, дружеские чувства.

Подняв глаза на Цугуми, которая всё ещё продолжала стоять в оцепенении, Кёити произнес:

— Цугуми, завтра утром я зайду за тобой, и мы вместе пойдём погулять. Собаки будут в одном месте, так что это будет удобно.

— Конечно, — ответила Цугуми и слегка улыбнулась, сверкая освещёнными светом костра белыми зубами. Она стояла, протянув свои маленькие, почти детские руки над костром, и тень от длинных ресниц достигала лба.

Я видела, что она всё ещё сердится, но для меня это было чем-то сверхъестественным, ибо впервые в жизни причиной гнева Цугуми была не она сама.

— Если что-нибудь подобное ещё раз случится, — сказала Цугуми, — даже после того, как мы отсюда уедем, я вернусь и убью их.

Несмотря на столь резкие слова, глаза Цугуми оставались ясными, и их спокойное выражение не изменилось. Они были сказаны таким обычным тоном, что все мы некоторое время не могли вымолвить ни слова.

— Это верно, Цугуми, — наконец произнёс Кёити, и я слушала, как эхо от произнесённого им имени «Цугуми» постепенно исчезало в волнах.

Ночь становилась всё темнее, и небо покрылось миллиардами звёзд. Дома никто не знал, где мы, но нам совсем не хотелось покидать эту дамбу. Мы все одинаково любили Гонгоро, а он, как будто чувствуя это, подходил к каждому, обнюхивал, клал свои лапы на колени, лизал наши лица, и, похоже, постепенно начинал забывать тот кошмар, что с ним произошел. Дул сильный ветер, и от его порывов огонь костра колыхался в разные стороны. Временами казалось, что он должен был вот-вот потухнуть, но каждый раз Цугуми бросала в него новый кусок дерева и делала это так непринуждённо, будто выбрасывала мусор, и пламя костра вновь начинало полыхать. Треск от горящего дерева смешивался с шумом ветра и волн и улетал в темноту, которая царила за нашими спинами, а море продолжало посылать на берег свои тёмные воды.

— Как хорошо, что у тебя всё в порядке, — сказала Ёко и встала, обнимая Гонгоро, который сидел у неё на коленях.

Ветер трепал её длинные волосы, и она обернулась в сторону моря.

— Ветер уже холодный. Скоро придёт осень.

Эти слова заставили нас задуматься, и на какое-то мгновение мне больше всего захотелось, чтобы одежда Цугуми не высыхала, костёр продолжал гореть и все это длилось бы бесконечно.

На следующий день Кёити рассказал, что в городе он встретил одного из тех парней, которые похитили Гонгоро, затащил его на территорию храма и изрядно избил. И хотя он сам был покрыт ссадинами, Цугуми была обрадована этим сообщением. Ёко и я обработали его раны. Гонгоро в это время уже мирно спал с Пучем во дворе соседнего дома.

Ещё один день — и Гонгоро должен был вернуться домой. Ещё один день — и всё было бы хорошо. Однако ночью он вновь был похищен. В это время нас всех не было дома. И тётя Масако рассказала, что услышала лай и бросилась к будке, но калитка была открыта, и Гонгоро там уже не было. Только Пуч в панике прыгал, звеня железной цепью.

Мы, почти плача, бросились на берег, исходили его вдоль и поперёк, на лодке плавали в море, освещая воду, просили наших друзей поискать его в реке и городе. Однако во второй раз нам не повезло. Гонгоро больше не вернулся.

Яма

— Ты вернёшься, пока я ещё буду здесь? — спросила Цугуми, глядя на Кёити остекленевшим взглядом. Выражение её лица было таким печальным, какое бывает у людей, которые сдерживают слёзы.

Кёити улыбнулся:

— Конечно, через два-три дня. — Потеряв Гонгоро, он выглядел как человек, утративший равновесие, как будто он лишился ноги или руки. И он действительно остался в этой незнакомой для него местности без одной из опор.

— Да, ты уже не ребёнок и можешь покинуть своих родителей, — произнесла Цугуми.

Приближался вечер, и лучи солнца играли на поверхности моря. Цугуми и Кёити, разговаривая, шли по дамбе, которая тянулась вдоль берега моря, направляясь к гавани. Мы также пошли проводить Кёити и наблюдали за ними сзади на некотором расстоянии. Ёко была готова расплакаться, а я чувствовала себя странно рассеянной, ощущая на своих щеках дуновения осеннего ветра. На следующей неделе я тоже должна была вернуться в Токио.

Сколько уже раз я видела это сверкающее море с последней полоской яркого солнечного света на западе, которая медленно уступала место вечерней тени.

На пристани было оживлённо от большого количества пассажиров, ожидавших последний в этот день теплоход, который должен был прибыть через несколько минут. Кёити уселся на свой рюкзак, который сбросил на землю, позвал Цугуми и усадил её рядом с собой. Они смотрели в морскую даль, и их сидящие рядом фигуры выглядели несколько удручённо, но вместе с тем были наполнены внутренней решимостью, присущей собаке, ожидающей своего хозяина.

На берег непрерывно набегали остроконечные волны, которые определённо извещали о приближающейся осени. В это время море всегда вызывало у меня в груди давящее чувство, но в этом году оно пронизывало сердце ещё более глубокой печалью. Глядя на расставание Цугуми и Кёити, я машинально то сжимала руками виски, то бросала в море наживку для рыб, которая валялась под ногами, и с трудом сдерживала слёзы, слушая звучавшие с поразительной монотонностью одни и те же слова Цугуми: «Когда вернёшься?» или «Если у тебя появится время не звони, а лучше на день раньше садись на поезд и приезжай». Ясный голос Цугуми накладывался на шум волн и звучал как поразительно красивая музыка. «Хотя мы и расстаёмся, ты ни на минуту не забывай меня», — дважды повторила Цугуми, будто разговаривая сама с собой.

Рассекая волны, из глубины моря подошёл теплоход. Цугуми встала, Кёити накинул на плечо рюкзак.

— Итак, всего хорошего, — попрощался он, посмотрев в нашу сторону. — Мария, ты скоро уезжаешь, и если мы разминёмся, то тогда до скорой встречи. Когда будет готов наш отель, приезжай и останавливайся у нас.

— Конечно, если ты устроишь мне недорогой номер, — сказала я и пожала ему руку.

— Это само собой разумеется, — ответил он и тепло ответил на моё рукопожатие.

— Кёити, почему бы тебе не жениться на мне? Мы поселили бы в саду отеля множество собак и назвали бы его «Собачий дворец», — предложила Цугуми невинным голосом.

— Надо об этом подумать, — ответил Кёити и горько усмехнулся. Затем он пожал руку Ёко, которая уже была в слезах, и сказал: — Спасибо за заботу.

Матросы установили трап, и пассажиры, встав в очередь, один за другим начали посадку.

— Ну, скоро увидимся, — сказал Кёити и повернулся к Цугуми.

— Если ты попытаешься ограничиться только рукопожатием, я тебя прибью, — неожиданно заявила Цугуми и бросилась к нему на шею.

Это длилось всего одно мгновение. Не вытирая текущие ручьём слёзы, она подтолкнула Кёити к трапу. Он молча пристально посмотрел на неё и последним взошёл на палубу.

Дав прощальный гудок, теплоход начал медленно отходить от пристани, направляясь туда, где граница неба и моря постепенно становилась всё больше размытой, пока не исчезала совсем. Стоявший на палубе Кёити всё время махал рукой, а Цугуми, сидя на корточках, только пристально смотрела, как удаляется теплоход.

— Цугуми! — позвала её Ёко, когда корабль исчез из виду.

Со словами «торжество закончилось» Цугуми встала и со спокойным лицом продолжила говорить, ни к кому не обращаясь:

— Из-за того что пропала собака, он должен возвращаться. Что ни говори, нам ещё только девятнадцать. В общем, это были детские летние каникулы.

Сказанное ею совпало с мыслями, которые проносились у меня в голове. Затем, как будто это были последние кадры кинофильма, мы все трое стояли на краю пристани, смотрели в морскую даль и на меняющиеся цвета неба, которое освещалось лучами заходящего солнца.

————

Хотя уже прошло пять дней, Кёити всё ещё не вернулся. Когда он звонил, Цугуми, рассердившись, часто бросала трубку.

Однажды я сидела у себя в комнате и писала эссе, которое должна была представить в университет по окончании каникул. Неожиданно раздался стук в дверь, и вошла Ёко.

— Что случилось? — встревожилась я.

— Послушай, ты не знаешь, куда в последнее время каждый вечер уходит Цугуми? — спросила Ёко. — Её и сейчас нет дома.

— Может, она пошла погулять? — предположила я.

После отъезда Кёити Цугуми была постоянно раздражена, и в последнее время её настроение настолько ухудшилось, что каждый раз, когда я, жалея её, проявляла к ней внимание, она только срывала на мне злость. Поэтому я оставила её в покое.

— И Пуч у себя в будке, — с беспокойством добавила Ёко.

Я покачала головой. Обычно я не могла понять мотивы поступков Цугуми, но в этот раз, кажется, начала о чем-то догадываться.

— Будет возможность, я её обязательно спрошу, — сказала я, и Ёко, кивнув, вышла из комнаты.

Почему никто из близких Цугуми людей не понимает существа её характера? И Кёити, и Ёко верили Цугуми, когда она, похоже, нарочно демонстрировала своё горе и искусно показывала, что ею движет печаль, а не ненависть. Но она отнюдь не станет молча переносить, убийство её любимой собаки. Она обязательно отомстит, и именно поэтому она куда-то уходит каждый вечер. Но с таким слабым здоровьем надо быть просто идиоткой, чтобы замышлять что-то серьёзное.

Думая об этом, я окончательно расстроилась, но решила, что не могу высказать эти мысли Ёко.

Вскоре, судя по звукам, исходящим из её комнаты, Цугуми вернулась. Одновременно послышалось тявканье собаки. Я пошла в её комнату и, раздвигая дверь, сказала:

— Что ты делаешь? Привела с собой Пуча? Тётя Масако ведь выгонит его… — Недосказав фразу, я, удивленная, замолчала. Это, конечно, не был Гонгоро, так как его уже не было в живых, но это была собака той же породы и поразительно на него похожая.

— Это что? — спросила я.

— Я взяла её взаймы, но должна сразу же вернуть, — рассмеялась Цугуми. — Ты ведь знаешь, что я очень люблю собак.

— Не завирайся, — только и сказала я, сев рядом с ней.

Гладя собаку, я стала напряжённо думать. Я уже давно не испытывала ощущения соперничества в стремлении отгадать следующий ход противника. Если моё предположение не совпадёт с планами Цугуми, то она замкнется и ничего больше не скажет.

— Ты собираешься показать собаку этим парням, не так ли?

— Великолепно, ты действительно сообразительна, — сказала Цугуми, слегка улыбнувшись. — Когда ты уедешь, мне опять придётся жить в обществе дураков, которые меня не понимают. А это очень утомительно.

— Тебя никто не понимает? — рассмеялась я.

— Хочешь послушать, что было сегодня вечером? — спросила Цугуми, обнимая собаку.

— Конечно хочу.

Я теснее придвинулась к ней. В этот момент, сколько бы лет ни прошло, мы опять стали детьми, которые делятся своими секретами. Атмосфера ночи стала более напряжённой, и сердце забилось сильнее.

— Я тщательно расследовала, к какой группе принадлежат эти подонки. Меня ведь часто ночами не было дома?

— Да, я это заметила.

— Так вот. Ничего особенного. Они выглядят взрослыми, но на самом деле учатся в старших классах средней школы. Местные хулиганы. Их любимым местом сбора является бар-закусочная в соседнем городке.

— Цугуми, и ты туда ходила?

— Да, сегодня вечером. Конечно, руки дрожали. — Сказав это, Цугуми для подтверждения своих слов вытянула вперёд руку. Я, взглянув на руку, продолжила слушать с напряжённым вниманием.

— Держа в руках собачонку, я поднялась по лестнице в бар-закусочную. Она расположена на втором этаже. Эти парни не больше чем трусливые подонки, и я уверена, что никто их них не обладал мужеством запачкать свои руки убийством собаки. Определённо, они выбросили Гонгоро в море, привязав к нему какой-то груз, но думаю, что они не видели, утонул он или нет. Наверное, это так и было.

Когда я вновь подумала о Гонгоро, у меня от гнева всё потемнело перед глазами. А Цугуми продолжала:

— Следовало, по моим расчетам, только показать им эту собачонку. Однако если бы они там оказались все, это могло бы плохо закончиться, подумала я. Они могли догнать меня, и тогда — моя песенка спета. Поэтому когда открывала дверь, действительно дрожала от страха. Но я открыла её. К счастью, за стойкой сидел только один из них, лицо которого я хорошо запомнила. Увидев меня с собакой, он обомлел и испуганно смотрел то на меня, то на собаку. Затем я с треском захлопнула дверь и сбежала по лестнице. Опасаясь, что, если он догонит меня, я не смогу с ним совладать, я спряталась внизу под лестницей. К моей радости, этот тип только открыл дверь и сразу закрыл её. Но ноги у меня тряслись.

— Потрясающее приключение, — прокомментировала я.

— Да, у меня даже поднялась температура, — с гордостью рассмеялась Цугуми. — Но мне кажется, что в детстве я переживала подобные кризисы почти каждый день. Что, я совсем деградировала?

— Дело не в деградации, а в том, что ты слаба физически. Поэтому тебе не следует проявлять чудеса храбрости и тягаться с этими парнями, — сказала я.

После рассказа Цугуми я немного успокоилась.

— Я посплю, — сказала Цугуми, залезая в постель. — Ты не привяжешь собачонку около дома? Сажать её в будку Пуча опасно, так как они могут украсть и её. Поэтому привяжи её под верандой или где-нибудь ещё.

Цугуми выглядела очень усталой, поэтому я согласилась и встала, держа в руках собачку. Когда я прикоснулась лицом к её маленькой головке, у меня неожиданно вырвалось:

— Она пахнет как Гонгоро.

Цугуми, вздохнув, согласилась.

———

В комнате было совершенно темно. Сквозь сон я услышала, что вдалеке раздаются какие-то звуки. Когда я повернулась на другой бок, то различила, что кто-то, рыдая, тяжёло поднимается по лестнице. Это пугающее ощущение чего-то нереального, исходящего из темноты окончательно разбудило меня. По мере того как сознание становилось всё более ясным, я поняла, что звуки приближаются, но какое-то мгновение я, как в кошмарном сне, не могла сообразить, где проснулась. Когда глаза привыкли к темноте, передо мной возникли мои руки, лежащие поверх белого пододеяльника. Затем раздался скрип открывающейся двери.

Это в комнате Цугуми, взволнованно определила я и на этот раз, окончательно проснувшись, вскочила с кровати. Послышалось: «Цугуми». Это был голос Ёко.

Выйдя из комнаты в тёмный коридор, я увидела, что дверь к Цугуми открыта. Цугуми в темноте сидела на постели, сверкая широко распахнутыми глазами. Перед ней стояла покрытая грязью Ёко и, дрожа от рыданий, неотрывно смотрела на свою сестру. Под её взглядом

Цугуми застыла без движений с испуганным выражением лица.

— Ёко, что произошло?! — поинтересовалась я.

Мне пришла в голову страшная мысль, что на неё напали эти парни. Однако Ёко тихо спросила:

— Цугуми, ты знаешь, что я сейчас сделала?

Не говоря ни слова, Цугуми медленно кивнула.

— Такие вещи вытворять нельзя, — сказала Ёко, вытирая лицо грязными руками. Затем, собравшись с силами, чтобы подавить свои непрекращающиеся рыдания, она заявила: — Ты просто не сможешь так жить дальше.

Я не имела ни малейшего понятия, что произошло, а только смотрела на двух сестёр, которые противостояли друг другу. Цугуми неожиданно опустила глаза, резким движением выхватила из-под подушки полотенце и протянула его Ёко.

— Прости меня.

У меня перехватило дыхание. Должно быть, случилось что-то чрезвычайное, раз Цугуми извиняется.

Ёко с легким кивком взяла полотенце и, вытирая слёзы, вышла из комнаты. Увидев, что Цугуми закрылась одеялом с головой, я, не зная, что мне здесь дальше делать, вышла из комнаты и спустилась по лестнице вслед за Ёко.

— Что произошло? — Мой вопрос необычно громко прозвучал в тёмном и тихом коридоре, и я понизила голос: — Всё в порядке?

— Да, теперь всё в порядке, — сказала Ёко, и на её лице появилась улыбка, хотя, была ли это улыбка, в темноте было трудно определить, но я почувствовала это по тону голоса Ёко.

— Ты думаешь, для чего использовала Цугуми эту собачонку?

— Что? Я её недавно привязала к веранде.

— Мария, ты поддалась обману. — При этом Ёко не могла удержаться, чтобы не усмехнуться.

— Ты знаешь, что Цугуми делала ночами?

— Она искала этих парней, не так ли? — Сказав это, я ахнула. Ведь Цугуми могла по телефону узнать об этой закусочной в другом городе.

— Она рыла яму, — сказала Ёко.

— Что?! — опять громко переспросила я, и Ёко поманила меня в свою комнату.

Там горел яркий свет, и всё, что до этого происходило в темноте, стало казаться каким-то необычным сном. Ёко вся была покрыта грязью, и я посоветовала ей пойти принять ванну, но она отказалась.

— Сначала послушай, какое со мной случилось приключение, — ответила она и рассказала мне историю о яме.

— Это была потрясающая яма. Глубокая. Как она только смогла её вырыть? Куда относила землю? Несомненно, она делала это каждую ночь после того, как все ложились спать, а утром закрывала её доской и поверх засыпала землёй...

Я крепко спала, но почему-то неожиданно проснулась. Когда прислушалась, мне показалось, что кто-то стонет. Мне стало очень страшно, но я так и не могла определить, кажется мне это или нет... Но всё-таки было похоже, что звук исходит из сада, и я встала и пошла посмотреть. Ты ведь знаешь, когда происходит что-то непонятное, всегда хочется пойти и посмотреть, хотя это и вызывает дрожь во всём теле.

Я открыла заднюю калитку и шла на ощупь в сплошной темноте. Но звук, похоже, исходил не из дома, а оттуда, где была будка Пуча. А что, если это грабители? Но тогда почему не лаял Пуч? Во всяком случае, я решила пойти и посмотреть на Пуча. В потемках запахи лучше различаешь, не так ли? Так вот, когда я вышла в сад, в нос мне ударил более резкий, чем обычно, запах свежей земли. Я остановилась, склонив голову, и вновь услышала стон… из-под земли. Подумав, что вряд ли это возможно, я приложила ухо к земле и удостоверилась, что это действительно так. Постепенно глаза привыкли к темноте, и, всмотревшись, я увидела, что рядом с Пучем, ты не поверишь, сидит Гонгоро.

Я была ошеломлена и на какое-то мгновение потеряла чувство реальности. Но, внимательно всмотревшись, я увидела, что окраска этой собаки немного отличается от масти Гонгоро, и что было ещё более поразительным, так это то, что в пасти обеим собакам были вставлены своего рода кляпы. Я вернулась в гостиницу за фонарём и осветила собачью будку. Действительно, это был не Гонгоро. Я принесла лопату и как сумасшедшая стала копать перед собачьей будкой, где вскоре показалась толстая доска. Я стукнула по ней лопатой, и снизу раздался стон. После этого я совсем обезумела от отчаяния.

Взявшись за конец доски двумя руками, я сдвинула её в сторону и посветила фонарём вниз. Там я, к своему ужасу, увидела человека, сидевшего в страшно узкой и глубокой яме. Ты представляешь, как мне стало страшно? Его рот был заклеен, на лбу запеклась кровь, он протягивал ко мне свои покрытые грязью руки. Когда я узнала в нём одного из тех парней, которые украли Гонгоро, перед моими глазами всплыло лицо Цугуми. Я поняла, что это дело её рук.

Но как трудно было вытащить этого парня. Я протягивала ему руки, но он несколько раз срывался вниз, настолько глубокой была яма. Я вся испачкалась, но мне всё-таки удалось его вытащить. Когда я освободила его и всмотрелась в его лицо, то он оказался просто ребёнком, по виду ещё школьником, и был готов вот-вот расплакаться. Мы оба просто плюхнулись на землю и сидели усталые, не в состоянии вымолвить ни слова. Конечно, нам не о чём было говорить. Я всё думала о Цугуми, о том, что с ней случалось с детских лет, и мне стало по-настоящему грустно. Так я и продолжала сидеть перед вырытой Цугуми глубокой ямой и уже не могла больше удержаться от слёз. Пока я так сидела с растерянным видом, он, пошатываясь, вышел через калитку на улицу. Мне надо было что-то сделать с этой ямой, и я прежде всего закрыла её доской, которую засыпала землёй… После этого я вернулась в дом.

Закончив свой рассказ, Ёко взяла с собой смену белья и спустилась в ванную, Моя голова была забита разными мыслями, и я, как в забытье, вернулась в свою комнату. Проходя мимо комнаты Цугуми, я заколебалась, зайти мне к ней или нет, но всё-таки отказалась от этой идеи, представив себе, что она может чувствовать после всего произошедшего.

Я знала, что не в характере Цугуми не доводить что-либо до конца, но я испытывала головокружение при одной мысли о том, что она совершила сегодня ночью, и сколько сил у неё ушло на подготовку и осуществление задуманного ею плана. Она рыла эту яму поздно ночью, чтобы никто не заметил, и уносила куда-то вырытую землю. Это трудно себе даже представить.

И одновременно она искала по всему городу собаку, которая была бы похожа на Гонгоро. Возможно, она уговорила хозяина дать её ей на некоторое время или просто купила её. Затем, ловко обманув меня, она рассказала о своём посещении бара-закусочной и, опасаясь моих предчувствий, успокоила меня тем, что попросила привязать собаку к веранде. Когда все в доме легли спать, она перенесла похожую на Гонгоро собаку в будку к Пучу, вставила кляп в глотки обеих собак с тем, чтобы они не лаяли на незванного гостя, и убрала с ямы доску, которая маскировала её и одновременно предотвращала падение в неё постороннего человека. Вместо доски она закрыла яму тонким картоном и превратила её, таким образом, в настоящую ловушку.

Если бы они пришли всей компанией, то план Цугуми наверняка бы провалился, но она, видимо, рассчитывала на то, что придёт один, тот, которому она в баре продемонстрировала собаку. Тем не менее она караулила ночью, точно не зная, придёт он или нет. Не исключено, что он собирался притащить своих друзей в другую ночь, а сам предварительно хотел удостовериться, действительно ли это Гонгоро, который уже давно должен был быть мёртв.

При его появлении сидевшая в засаде Цугуми подошла сзади и чем-то ударила его по голове. Когда он отключился, она заклеила ему рот и сбросила его в яму. Затем она закрыла яму доской, засыпала её землёй и вернулась в свою комнату.

Я не могла себе представить, как такое в действительности возможно. Но Цугуми это сделала. И всё шло как намечено за исключением того, что Ёко услышала стон попавшего в ловушку. Я не могла понять, откуда у Цугуми такая энергия, позволившая разработать и осуществить свой тщательно разработанный план, и какую она преследовала во всём этом цель.

Будучи не в состоянии заснуть, я, лёжа в постели, продолжала перебирать в уме детали произошедшего. Уже приближался рассвет, и небо на востоке, как мне показалось, слегка побелело. Я встала и взглянула в сторону моря, однако там, где определённо должно было быть море, всё было покрыто темнотой ночи. Постепенно этот вид всё глубже стал проникать в моё сонное сознание.

Цугуми пожертвовала своей жизнью!

То, что поняла Ёко, сейчас вдруг с шокирующей ясностью потрясло и меня. Кёити и её будущее значило для Цугуми меньше, чем желание совершить задуманное. Цугуми хотела убить человека. В конце всей этой операции, во время которой она превзошла предел своих физических возможностей, она всё ещё глубоко верила, что смерть этого парня ничего не стоит по сравнению со смертью любимой ею собаки.

Вновь и вновь перед моими глазами всплывала картина странного возбуждения Цугуми, когда она прошлой ночью рассказывала о своих приключениях. Цугуми совершенно не изменилась. Её любовь к Кёити, годы и месяцы, которые она провела с нами, предстоящая новая жизнь после переезда, Пуч — всё это не привело к каким-либо изменениям в её характере. С детских лет она жила только в своём собственном мире.

И каждый раз, когда я думала обо всём этом, передо мной, как тёплый солнечный свет, возникал образ улыбающейся Цугуми с собакой, похожей на Гонгоро, на руках. Она выглядела совершенно невинной и ослепительной.

Образ

«Вы что, действительно думаете, что я хотела его по-настоящему убить? Я только хотела нагнать на него страху, чтобы он испугался. Вот уж малодушные людишки, подняли из-за этого такую шумиху».

Мы ждали, когда Цугуми начнёт над нами подобным образом насмехаться, и уже могли представить себе выражение её глаз, которое появляется каждый раз, когда она дурачит других.

Но этого не произошло.

Цугуми сразу же положили в больницу. У неё поднялась высокая температура, стали отказывать почки, наступило общее истощение организма в результате переутомления. В общем, после окончания «операции» все её болезни вспыхнули с новой силой и свалили её с ног. Наблюдая, как стонущую Цугуми погружают в такси, я подумала, что любой здоровый человек мог бы заболеть, проделав такую работу.

— А я, дурочка, должна возвращаться домой, — вспомнила я.

Ярко-красное, с насупленными бровями лицо Цугуми, впавшей в забытьё, было искажено болью. Её вид вызвал у меня такие страдания, что я даже почувствовала ненависть к ней. А я ещё так о многом хотела с ней поговорить, погулять вместе с собакой по берегу и там сказать «до свидания». Теперь это уже было неосуществимо.

Садясь вместе с Цугуми в такси, тётя Масако как бы про себя проворчала:

— Дура ты, Цугуми.

Я опешила на какое-то мгновение, но тётя Масако, которая держала в руках смену белья и полотенце для Цугуми, взглянула на меня и ободряюще улыбнулась. Я улыбнулась в ответ, и такси тронулось, освещаемое лучами осеннего солнца.

Кёити приехал на следующий день после того, как Цугуми легла в больницу. Он предложил мне встретиться в тот же вечер у моря.

— Ты был в больнице? — спросила я, не зная с чего начать разговор.

Мы стояли вдвоём среди раздававшегося в темноте шума волн. Дул сильный ветер, который приносил с собой крупные капли дождя. Тускло сверкали в море далекие огни рыбачьих лодок.

— Да, был, — ответил Кёити. — Однако она себя плохо чувствовала, поэтому я не мог долго оставаться. Так что мы особенно ни о чём и не поговорили.

Он сел на волнорез и обнял руками колени. В темноте они выглядели белыми и большими.

— Я предполагал, что она что-то замышляет, но не мог её остановить. Она умеет настолько хорошо притворятся невинной, что чувствуешь себя неловко, если её в чём-нибудь подозреваешь.

Я улыбнулась и затем поведала ему историю с ямой, как мне её со слезами на глазах рассказывала Ёко. Кёити слушал, не говоря ни слова. Мой голос смешивался с шумом волн, ветер приносил с собой холодные водяные капли, которые падали на наши щёки, и перед нами вдруг возник образ Цугуми.

— Более выдающейся девушки и быть не может, — сказал Кёити, еле удерживаясь от смеха. — Интересно, о чём она думала, когда рыла эту яму?

— Да, действительно о чём?

В ту ночь, когда это случилось, я была так расстроена и мне было так жаль Ёко, что я глубоко не задумалась о случившемся. Но, анализируя поступок Цугуми сейчас, его целенаправленность и извращённость, я поняла, что всё это свойственно характеру Цугуми.

— Когда я думаю о Цугуми, то обнаруживаю, что мне в голову приходят гигантские проекты, — неожиданно сказал Кёити, и это прозвучало как откровение. — Мысли незаметно для меня самого переходят на такие крупные понятия, как человеческая жизнь, смерть и тому подобное. И это не потому, что у неё слабое здоровье. Когда смотришь ей в глаза, наблюдаешь за её образом жизни, тобою без особой на то причины овладевают какие-то торжественные чувства.

Я хорошо понимала его настроение. Мысли Кёити проникли в самую глубину моего замёрзшего тела и согрели сердце. Само существование Цугуми связывало нас с чем-то большим.

Почувствовав вновь уверенность в себе, я сказала:

— Это лето было прекрасным. Но у меня странное чувство, что оно пролетело как одно мгновение, а, с другой стороны, длилось неимоверно долго. Хорошо, что ты был с нами. Я думаю, что и Цугуми, несомненно, была счастлива.

— Я думаю, что она выздоровеет, — сказал Кёити, и я с уверенностью кивнула в ответ.

Мне показалось, что высокие волны и сильный ветер поколебали берег, на котором мы стояли. Я смотрела на ночное небо, как будто собиралась пересчитывать загоравшиеся на нём звёзды.

— До этого она уже не раз ложилась в больницу. — Мой голос смешался с темнотой.

Кёити смотрел на море, и он выглядел настолько хрупким, что, казалось, ветер может унести его с собой. Я никогда не видела его таким несчастным и одиноким.

Цугуми уже скоро не будет в этом городе, и их только зародившаяся любовь примет новые формы. Всё это, видимо, мелькало в голове Кё-ити, но эти мысли невозможно было выразить словами. Нельзя было забыть, как совсем недавно мы могли видеть эту пару и двух собак, гуляющих на этом самом берегу. Эта картина навсегда останется в наших сердцах.

Мы ещё долгое время молча стояли на берегу и смотрели в морскую даль, чувствуя, что понимаем друг друга.

Накануне своего отъезда в Токио я посетила Цугуми в больнице.

Учитывая её несносный характер, тётя договорилась, чтобы её поместили в отдельную палату. Подойдя к палате, я постучала, но, не получив ответа, открыла дверь.

Цугуми в этот момент спала. Её кожа, как и раньше, светилась матовой белизной, но она выглядела сильно истощённой. Закрытые глаза с длинными ресницами, разметавшиеся по подушке волосы, её чистая красота создавали настолько сильное впечатление, что возникал образ «спящей красавицы», но мне стало страшно на неё смотреть. У меня даже мелькнула мысль, что Цугуми, которую я знала, уже исчезла.

— Проснись, — потрепала я её по щеке.

Цугуми застонала и открыла глаза. На меня смотрели ее большие, сияющие, как драгоценные камни, глаза.

— Что случилось? Я ведь спала, — сказала она гнусаво и протёрла глаза.

Я облегчённо вздохнула и улыбнулась:

— Я пришла попрощаться, так как мне пора возвращаться в Токио. Выздоравливай скорее.

— О чём ты говоришь? Бессердечная... — Её голос прозвучал ужасно, как будто она собрала все свои силы, чтобы произнести эти слова. Определённо, она не могла даже сесть и продолжала лёжа сердито смотреть на меня.

— Это всё твоя вина, и ты получила то, что заслужила, — рассмеялась я.

Цугуми выдавила из себя подобие улыбки и затем сказала:

— Я говорю это только тебе. Мне, видимо, конец. Я определённо умру.

Я ахнула, поспешно села на стул около кровати и наклонилась к Цугуми.

— О чём ты? — возмутилась я. — Они говорят, что тебе постепенно становится лучше, но иногда могут возникнуть кое-какие отклонения. Тебя держат в больнице, потому что боятся, что, как только тебе станет немного лучше, ты опять что-нибудь выкинешь. Они используют больницу как своего рода психиатрическую клинику, это не имеет никакого отношения к жизни и смерти, возьми себя в руки.

— Нет, в этот раз всё по-другому, — сказала Цугуми с серьёзным выражением лица. Её взгляд был задумчивым и мрачным, каким я его никогда не видела.

— Ты понимаешь, что я говорю. Речь не идёт о жизни или смерти человека. У меня больше нет желания жить, абсолютно нет... До сих пор такого я действительно ни разу не испытывала, — прошептала она слабым голосом. И спустя некоторое время продолжила: — Я никогда не была настолько ко всему безразлична. Как будто у меня внутри что-то оборвалось. До сих пор я никогда не думала, что могу умереть, однако сейчас мне страшно. Хотя я и хочу взбодриться, но ничего не получается, я только раздражаюсь... Я лежу ночью и думаю об этом.

Если ко мне так и не вернётся моё обычное настроение, то я умру. Сейчас во мне нет никаких эмоций, и такое случилось впервые в моей жизни… Я ни к кому не испытываю ненависти, и я превратилась просто в маленькую больную девочку, прикованную к постели. И сейчас я понимаю настроение той девочки, которая со страхом наблюдала, как один за другим опадают листья с дерева за окном. По мере того как я слабею, окружающие начнут относиться ко мне как к ненормальной, а я, как подумаю, что постепенно буду превращаться в прозрачную тень, начинаю сходить с ума.

Я стала что-то говорить, но замолчала, потрясённая тем, что Цугуми в этот раз, кажется, говорила серьёзно и что подобное настроение у неё действительно никогда раньше не возникало. Я была также озадачена высокомерной манерой её высказываний. Может, она боялась, что её любовь к Кёити потерпит неудачу? Может, она не в состоянии перенести то, что сказала ей Ёко? Я осознала, что на самом деле, как сказала сама Цугуми, энергия, которую всегда излучало её тело, какой бы высокой температуры у нее ни было, на этот раз стала исчезать.

— Послушай, если ты можешь так говорить, значит, всё будет в порядке, — сказала я Цугуми, которая в этот момент с беспокойством смотрела на небо.

— Если это так, то было бы хорошо, — ответила она, глядя на меня.

С детских лет тысячи, десятки тысяч раз всматривалась я в её кристальной чистоты глаза, и мне казалось, что сейчас я видела в них только правду. Они были наполнены глубоким сиянием, которое было обращено в вечность.

— Конечно, так и будет, — подтвердила я.

Но я испугалась того, что Цугуми впервые испытывала мучения, от которых страдают обычные люди. Если она утратит свой особый темперамент, то она и правда может умереть. Но я не могла сказать этого вслух и встала.

— Ну, мне пора идти.

— Я не могу этому поверить! — закричала Цугуми.

Я хотела спокойно расстаться, как это бывало в детстве, и направилась к двери. Выходя, я обернулась:

— Ну, до встречи, — и вышла в коридор.

Вслед мне полетели её слова:

— Дура, негодница! Ты меня, может, больше не увидишь. Университет для тебя важнее? Бессердечная. Поэтому тебя никто не любит...

И тому подобное неслось мне вслед, пока я шла по больничному коридору.

Когда я вышла на улицу, уже наступил вечер. В воздухе ощущался запах соли, приносимой ветром с моря, которое со всех сторон окружало город. Возвращаясь домой, я чувствовала, что мне хочется плакать.

Следующий день выдался совершенно безоблачным, и жаркое солнце светило как в середине лета, однако в его необычно прозрачных лучах уже ощущалась осень.

Вся атмосфера завтрака, приготовленного тётей Масако, как всегда закупившей утром на рынке свежие морепродукты, с мучительной остротой врезалась в память моего сердца.

— Ничего не поделаешь, но Цугуми не сможет проводить тебя, Мария, — с улыбкой сказала тётя Масако таким же тоном, как если бы она спросила: «Ёко, тебе дать ещё добавки?». Так что в это солнечное утро я вновь и вновь убеждала себя в том, что с Цугуми всё будет в порядке.

Тётя Масако собрала два пакета маринованных овощей и другой снеди, завернула их в белую ткань и велела, чтобы я передала это матери.

Когда настало время отъезда, тётя и дядя вышли, чтобы попрощаться. Ёко сказала, что проводит меня до остановки автобуса, и взяла с собой велосипед.

— Спасибо за заботу, — поблагодарила я дядю и тётю.

— Приезжай к нам в пансион, — пригласил дядя, а тётя добавила: — Какое было прекрасное лето!

В этот яркий солнечный день мне казалось, что я с легким сердцем оставлю позади гостиницу «Ямамотоя». Всё выглядело как всегда, когда я выходила из неё, чтобы купить кока-колу, и хотя бы один раз оборачивалась, чтобы взглянуть на неё издалека. Обернувшись и теперь, я увидела, как дядя и тётя вошли внутрь.

И мы с Ёко зашагали к остановке. Сощурив глаза от яркого солнца, которое светило прямо в лицо, невысокая Ёко часто касалась моего плеча своими распущенными волосами, и у меня складывалось такое ощущение, что всё происходящее является сценой из какого-то кинофильма.

Вдоль узкой дороги к остановке автобуса тянулись ряды старых гостиниц, перед которыми всё ещё росли уже засыхающие на солнце цветы. Жаркий полдень этого приморского города навсегда останется в моей памяти. На остановке мы присели на каменные ступени билетной кассы и съели по мороженому на палочке.

Этим летом мы с Ёко на наши карманные деньги уплели бесчисленное количество мороженого. Цугуми часто безжалостно вырывала его из рук Ёко и быстро поедала, вынуждая её заплакать.

Сентиментальные чувства со странной остротой пронзили моё сердце. Меня ослепила мысль, что эти люди, этот город вот-вот исчезнут из моего мира.

Прикрыв глаза ладонью, Ёко взглянула на небо и сказала:

— Это, наверное, моё последнее мороженое в этом году.

— Нет, определённо у тебя будет причина поесть ещё, — рассмеялась я.

— Как-то не будет уже настроения. В следующем месяце мы переезжаем, а я всё ещё не могу с этим смириться, думая, что это ко мне не относится.

Посмотрев на меня, Ёко улыбнулась, хотя бы внешне немного успокоившись. Похоже, что она была полна решимости сегодня не плакать.

— Двоюродные сёстры на всю жизнь остаются двоюродными сёстрами, где бы они ни были, — произнесла я.

— Да, это так. И сёстры на всю жизнь остаются сёстрами, — хихикнула Ёко.

— Цугуми в последнее время какая-то странная. Может, она не хочет переезжать? Или, может быть, в последнее время она перегорела? — сказала я, и это прозвучало больше как вопрос.

— Да, можно и так сказать. Действительно, в чём-то она изменилась. Похоже, что она всё время о чём-то думает. Перед Кёити она, как всегда, ведёт себя обычно… Однако послушай. Иду я к ней в больницу, стучу в дверь, ответа нет. Тогда я молча открываю дверь. Цугуми с удивлением смотрит на меня и с шелестом что-то прячет под одеяло. «Что ты делаешь? Ты должна отдыхать», — говорю ей я. Так вот, я вышла на минутку из комнаты, чтобы наполнить чайник кипятком. Когда я вышла, она это снова достала, и я поняла, что она что-то пишет.

— Пишет? — Удивилась я.

— Да, что-то пишет. Если она будет так изматывать себя, то никогда не поправится, даже если и смогла бы... Интересно, о чём она всё время думает?

— Температура у неё высокая?

— Да, к вечеру поднимается, а утром падает, и так повторяется каждый день.

— Что же она может писать? Стихи или роман? — покачала я головой. У меня как-то не укладывались в голове понятия «Цугуми» и «писать».

— Я так и не могу понять, что творится в её голове, — улыбнулась Ёко

Я, видимо, никогда не забуду отменную манеру поведения Ёко и её благородную мягкость. Куда бы ни забросила меня судьба, каким бы человеком я ни стала, в моём сердце вместе с Цугуми будет постоянно присутствовать как её бледное отражение образ Ёко.

Я необычайно отчётливо, как будто через видоискатель фотоаппарата, видела окружающий меня родной город и спокойно вдыхала его воздух.

Автобус медленно подошёл к остановке.

Несмотря на яркий полдень, я до самой посадки в автобус не могла избавиться от охватившего меня чувства печали. Глядя из окна автобуса на удаляющуюся фигуру Ёко, которая отчаянно махала рукой, мне страшно захотелось, чтобы Цугуми была здесь с нами. Своей колоритной индивидуальностью она бы развеяла нашу печаль, поиздевалась над нашими грустными лицами и ядовито похихикала бы.

В Токио шёл дождь.

Когда я высадилась из автобуса недалеко от нашего дома, мне всё вокруг показалось странным, как бы подвешенным в воздухе. Было ли это из-за дождя и пронизывающей до самых костей прохлады, или из-за людской толпы? Скорее всего, причина была в моём душевном состоянии. Хотя я вернулась домой, всё вокруг воспринималось мною как нечто далёкое, как пейзаж, который я когда-то видела во сне. Но моё тело было полно энергии после месяца, проведённого на море, где я дышала солёным морским воздухом.

Выйдя на серую от дождя улицу, я почему-то без особой причины подумала: «Теперь начинается моя настоящая жизнь».

Спускаясь по лестнице с вещами, я увидела свою мать

— Мама, неужели? — удивилась я и направилась к ней.

Мама, опустив на землю корзину с покупками, широко мне улыбалась.

— Я пошла за покупками и решила встретить тебя. Небось зонтика-то у тебя нет?

— Конечно нет.

— Тогда пошли домой вместе.

Когда мы оказались рядом, я почувствовала, что присутствие матери приблизило меня на один шаг к реальности.

— Хорошо провела время?

— Да.

— Мария, ты совсем чёрная.

— Каждый день была хорошая погода.

— Цугуми завела себе бойфренда? Отец очень удивился.

— Да-да. Они провели всё лето вместе и очень подружились.

— Цугуми вновь попала в больницу?

— Да, но до этого она какое-то время чувствовала себя хорошо.

— Этим летом она, наверное, перенапряглась, — тихо прозвучал голос матери, когда мы продолжили наш путь под одним зонтиком вдоль торговой улицы. В моей душе всё яснее оживали воспоминания жаркого прошедшего лета, и со всё большей теплотой я думала о Цугуми. Влюблённая Цугуми и её ослепительно улыбающееся лицо.

— Отец так ждал тебя. Может, ему сегодня удастся раньше прийти с работы. Я тоже по тебе очень скучала, Мария. Сегодня приготовлю твои любимые кушанья, — сказала мама с улыбкой.

— Да, я буду страшно рада домашней еде после такого перерыва. И нам есть о чём поговорить, — обрадовалась я, но подумала, что не буду рассказывать историю с ямой. И о том, насколько Кёити любил Цугуми, и о слезах Ёко. Это всё были сокровища моего сердца, которые нельзя передать словами.

Итак, моё лето подошло к концу.

Письмо Цугуми

После возвращения в Токио я некоторое время пребывала в какой-то рассеянности.

В университете, естественно, было полно студентов, всё ещё находящихся под впечатлением от летних каникул. Мы первое время вели себя как дети, только что пришедшие в школу. Однако с кем бы я ни разговаривала о летних каникулах, сознавала, что провела их иначе, чем все остальные. Я определённо находилась совсем в другом мире.

Мощная энергия, излучаемая Цугуми, жаркое солнце, берег моря, новые друзья — всё это наслаивалось одно на другое и создавало атмосферу, в которой мне ещё не приходилось бывать. Это был для меня более живой и могущественный мир, чем сама реальность. Я уподобилась солдату, грезящему о родных местах непосредственно перед своей смертью.

Но теперь под слабым сентябрьским солнцем Токио во мне не осталось даже и следов этого мира, и если бы меня спросили, как я провела летние каникулы, то я смогла бы только ответить: всё время была на родине, жила в гостинице, которой владеют мои родственники.

Для меня это лето собрало воедино всё то прекрасное, что было в прошлом.

И каждый раз, когда я так думала, то задавала себе вопрос: чувствует ли это и Цугуми?

Однажды отец сломал себе ногу. На складе фирмы он доставал с высокой полки, стоя на лестнице, тяжёлые папки с документами и сорвался вниз. Когда я и мама в панике прибежали в больницу, отец лежал в кровати и виновато улыбался. Про отца можно сказать, что, будучи сильным человеком, он легко мог переносить физическую боль, но тяжело страдал от эмоциональных стрессов.

Приободренные, мы вернулись домой, а через два-три дня мама вновь пошла в больницу со сменой белья, а я осталась дома одна.

Как раз в это время зазвонил телефон. У меня было предчувствие, что это должен быть неприятный звонок, и перед глазами возникло лицо отца. Я медленно сняла трубку.

— Алло. — Однако это оказалась Ёко.

— Тётя и дядя дома?

— Нет. Папа сломал ногу и сейчас в больнице. Мама как раз пошла к нему. Вот как не повезло ему, — рассмеялась я.

Но Ёко промолчала и затем сказала:

— Что-то странное происходит с Цугуми.

Я молчала. Мне вспомнилось белое лицо Цугуми, когда я в последний раз была в больнице. Тогда она утверждала, что скоро умрёт. Значит, действительно предчувствия никогда её не обманывают.

— Странное? — наконец вымолвила я.

— До последнего момента врачи говорили, что всё будет в порядке, но со вчерашнего дня она почти всё время без сознания. У неё высокая температура, и состояние резко ухудшилось.

— Её разрешают навещать?

— Сейчас нет. Но я и мама всё время находимся в больнице.

Голос Ёко звучал спокойно, и чувствовалось, что она ещё не способна поверить в самое худшее.

— Всё понятно. Завтра утром я еду с первым поездом. Независимо от её состояния мы будем по очереди дежурить около неё.

Мой голос в противоположность тому, что творилось в моей душе, звучал спокойно и убедительно, как будто я давала клятву.

— Ты сообщила Кёити?

— Да. Он сказал, что сразу приедет.

— Ёко, — сказала я, — если что-нибудь случится, сразу позвони мне, хоть ночью.

— Да, я поняла. — И она положила трубку.

Когда я рассказала о звонке вернувшейся из больницы маме, та предложила поехать вместе, сказав, что отца завтра выписывают.

Я перенесла телефон в свою комнату и поставила его около подушки… Вдруг он зазвонит? В эту ночь мой сон был каким-то поверхностным, в полудрёме проносились отрывочные картины прошедшего лета, и я всё время ощущала присутствие телефона, который вызывал неприятные холодные ассоциации с покрытой ржавчиной металлической массой.

Во сне появлялись то Ёко, то Цугуми, но даже в этих раздражающих разрозненных сценах появление Цугуми вызывало у меня священное и приятное чувство. Цугуми, как всегда с недовольным лицом, разглагольствовала о чём-то на берегу моря или в гостинице, а я, испытывая беспокойство, была рядом с ней. Как всегда, я была рядом с Цугуми.

Лучи утреннего солнца светили мне прямо в закрытые глаза, и я со стоном проснулась. Телефон не звонил. С волнением думая о Цугуми, я раздвинула шторы. Было великолепное утро. Осень действительно наступила. Голубовато-фиолетовое небо простиралось, насколько хватало глаз, деревья равномерно раскачивались на ветру. Всё было наполнено запахами осени, и перед глазами открывался бесшумный, прозрачный мир.

Я уже давно не видела такого яркого утра и некоторое время смотрела на до боли красивый, открывшийся из окна вид.

Мы не знали, как обстояли дела у Цугуми, но за завтраком решили всё же поехать к ней.

В это время раздался звонок от тёти Масако.

— Ну, как у вас там дела? — спросила я.

Тётя прореагировала немного сконфуженным тоном и рассмеялась.

— Всё в порядке? — переспросила я.

— Дело в том, что ничего такого страшного не было. Ей сейчас лучше. Похоже, что мы всё преувеличили, — ответила тётя.

— Это действительно так?

У меня было такое чувство, что все силы покинули меня.

— Вчера к вечеру ей неожиданно стало очень плохо. Такого уже давно не было, и мы сильно перепугались. Доктора тоже были очень встревожены и сделали всё возможное. Они сами были поражены волей к жизни, которую проявила Цугуми. Был момент, когда никто не мог сказать, чем это кончится. Но сегодня утром она спит так спокойно, как будто всё вчерашнее было вымыслом... Со здоровьем Цугуми до сих пор разное случалось, но такого ещё не бывало. Конечно, может произойти любая неожиданность, однако... — со смирением, но бодро сказала тётя Масако и продолжила: — Простите, что мы подняли такой шум. Если что случится, мы сразу позовём вас на помощь. Мария, ты можешь сегодня не приезжать, лучше спокойно отдыхай. Ещё раз извините, что заставили вас так волноваться.

— Хорошо, что всё так обернулось, — обрадовалась я.

Вздохнув с облегчением, я почувствовала, как что-то тёплое обволокло моё сердце, как будто кровь вновь начала циркулировать в застывшем теле. Передав телефон матери, я вернулась в свою комнату и вновь залезла в кровать. Я закрыла глаза и, с удовольствием слушая доносящиеся издалека звуки голоса мамы, задремала. На этот раз сразу же пришёл крепкий сон, глубокий и приятный.

Спустя несколько дней днём позвонила Цугуми. Как только я подняла трубку, как из неё донесся голос Цугуми:

— Привет тебе, недотёпа.

Внезапно я поняла, что не могу себе представить, как я могу потерять этот дорогой для меня голос, к резкому и высокому звучанию которого так привыкла. Из трубки слышался многоголосый гам, выкрикивание чьих-то имён, детский плач.

— Это что? Ты из больницы? Как ты? Всё хорошо? — спросила я.

— Да, я чувствую себя уже хорошо. Здесь больница. Но разве такое могло случиться?

Цугуми начала говорить бессмысленные фразы:

— Несомненно, та дурацкая медсестра неправильно поняла адрес и отправила письмо. Ужасная тётка.

— О чём это ты, Цугуми, — спросила я, подумав, что жар ударил ей в голову.

Ничего не ответив, Цугуми замолчала. Это молчание слишком затянулось, и я представила себе фигуру Цугуми, соединив в единое целое её облик, который я наблюдала в различных ситуациях, её развевающиеся волосы, горящий свет в глазах, тонкие запястья. Очертания её лодыжек, когда она ходит босиком, совершенно белые зубы, когда она улыбается. Волевой профиль со сдвинутыми бровями, когда она хмурится. Взгляд, обращённый к морю.

— Послушай, я ведь должна была умереть, — неожиданно чётким голосом промолвила Цугуми.

— О чём ты говоришь? Ты бодро ходишь по коридору больницы, и как ты можешь говорить, что ты умираешь? — рассмеялась я.

— Дурочка, я действительно чуть не умерла. Сознание было уже далеко, впереди был виден яркий свет, и я хотела к нему идти. Но умершая мамочка сказала: «Туда нельзя идти...»

— Это всё враньё. Чья это мамочка умерла?

Я обрадовалась, что Цугуми спустя длительное время впервые, казалась, оживлённой.

— Это действительно враньё. Но болезнь становилась всё более опасной. Я слабела с каждым днём и серьёзно думала, что в этот раз мне не выбраться. Поэтому я написала тебе письмо.

— Мне? Письмо?! — от удивления я даже вскрикнула.

— Да, это так. Мне даже сейчас стыдно. Я ведь выжила... Медсестра уже отправила письмо, и вернуть его назад я уже не могу, как бы этого ни хотела. Даже если я и попрошу тебя, получив письмо, выбросить его не вскрывая, с твоим дурным характером ты обязательно его прочтёшь. Так что хорошо, читай его, — сказала Цугуми.

— Так что мне делать? Читать или не читать?

Цугуми написала мне письмо... От одного этого моё сердце затрепетало.

— Хорошо, прочитай, — смеясь, заявила Цугуми. — У меня в этот раз было ощущение, что я уже умерла. Поэтому то, что написано, наверное, соответствует действительности. Не исключено, что в дальнейшем я буду понемногу меняться.

Я не поняла, что этим хотела сказать Цугуми, однако мне показалось, что где-то в глубине души я начала осознавать происходящие в ней перемены и на мгновение замолчала.

— Ой, идёт Кёити. Я передаю ему трубку. Пока, — неожиданно сказала Цугуми.

Я попыталась несколько раз позвать её, но она, видимо, уже ушла. Всё, что я услышала, это был голос Кёити:

— Немедленно иди в свою палату... — Затем послышалось его «алло», но он определённо не знал, с кем говорит.

Цугуми, как всегда, повела себя своенравно. Наверняка она сейчас быстро идёт по коридору в свою палату, неся с королевским достоинством своё маленькое тело. Горько усмехнувшись, я сказала в трубку:

— Алло.

— А, это ты, Мария? — рассмеялся Кёити.

— Что, с Цугуми было совсем плохо? — спросила я.

— Да, но, похоже, сейчас она чувствует себя удивительно бодро. Некоторое время к ней даже никого не пускали, было ужасно. Мы страшно волновались, — рассказал Кёити.

— Передай Цугуми привет. — Затем я невольно поинтересовалась: — Послушай, Кёити, когда Цугуми переедет в горы, ты думаешь, вы расстанетесь?

— Что будет дальше, трудно сказать. Но мне не верится, что я в будущем смогу встретить такую яркую личность, как Цугуми. Она по-настоящему хороша. Потрясающая девушка.

Это лето я никогда не забуду. Если мы и расстанемся, она на всю жизнь останется в моём сердце. Я в этом уверен, — сказал Кёити спокойным тоном и продолжил: — К тому же в следующий раз вместо гостиницы «Ямамотоя» наш отель всегда будет к вашим услугам. Вы можете в любое время приезжать сюда.

— Да, мы все теперь чем-то связаны между собой благодаря этому лету.

— Наверное, так и есть, — рассмеялся Кёити. — Подожди, в вестибюль как раз вошла Ёко с букетом лилий. О, она налетела в коридоре на больного и сейчас извиняется перед ним. Вот она подошла. Ну, пока. Я передаю ей трубку.

— Алло, кто это?

Отвечая Ёко, я подумала, что получается как на параде, они идут один за другим. Сев на стул и глядя на небо за окном, я разговаривала с Ёко. Послеполуденное солнце освещало все углы нашей комнаты. Я чувствовала, как спокойная решимость без особой на то причины медленно наполняет меня. В дальнейшем я буду жить здесь, в этом доме.

Марии

Всё произошло так, как я говорила. Когда к тебе придёт это письмо, ты, наверное, будешь уже ехать сюда на мои похороны. Получается, что это настоящий «почтовый ящик привидения».

Я не люблю, когда похороны бывают осенью, это очень грустно.

В последние дни я только и писала тебе это письмо. Написав, рвала его на кусочки и снова начинала. Почему только тебе? Я всегда считала, что в моём окружении только ты способна правильно судить о моих словах и понимать их. Сейчас, когда я, похоже, реально стою на пороге смерти, написать тебе письмо стало единственным желанием моего сердца. Мне делается тошно, когда я представляю, как все будут стоять вокруг меня, попусту лить слезы и говорить, каким хорошим человеком я была в их понимании. Кёити достоин внимания, но любовь — это борьба, и до самого конца нельзя показывать свою слабость.

Почему ты, несмотря на твою трезвость мышления, можешь воспринимать мир таким, какой он есть. Для меня это непостижимо.

И ещё об одном. Когда меня в этот раз положили в больницу, я начала читать роман «Мёртвая зона». Сначала я просто хотела убить время, но роман захватил меня, и я залпом прочитала его до конца. Моё состояние всё время ухудшалось, и в тот момент это была для меня искренняя книга, ибо её главный герой, молодой человек, так же всё время слабел. Он попал в автомобильную аварию, был полностью искалечен и умирал, отвергнутый всеми. В последней главе он пишет прощальное письмо отцу и любимой девушке, письма из «мёртвой зоны». Прочитав их, я не могла не заплакать. И я почувствовала зависть к герою этой книги, который написал эти письма, зная, что кто-то получит их. Поэтому я и пишу это письмо.

Когда я недавно рыла яму, чтобы сбросить в неё то ничтожество, я много думала. Когда занимаешься физическим трудом, хорошо думать, чтобы убить время. В ту ночь, когда всё случилось, я слушала эти дурацкие причитания Ёко, которые она произносила со слезами на глазах, и поняла, что она будет всё время обо мне заботиться, не выходя ради этого замуж. И тут мне показалось, что я чётко увидела, что же я из себя представляю. Я поняла, что я не больше чем бледная маленькая девочка, которая устраивает истерики и ведёт себя своенравно, несмотря на то что все окружающие с трудом поддерживают её слабое здоровье. Вероятно, я и дальше буду продолжать оставаться такой. Это совсем не означает, что я стала заниматься самоанализом, ибо и до сих пор достаточно сознавала это.

Просто когда из-за физического состояния сознание как бы отдаляется, рассеянно думать об этом было до странности приятно, так как я чувствую, что в ближайшие дни могу умереть. Что ни говори, вырыть такую яму, вероятно, было бы чрезвычайно трудно даже здоровому человеку. Это была тяжёлая операция, достойная завершения моей жизни.

К тому же, так как я рыла в саду соседнего дома, то ни в коем случае это не должно было быть обнаружено. Работала я только ночью и понемногу уносила землю. Земля была твёрдой, и я во многих местах порезала свои руки. Каждый день я наблюдала, как зачинается летняя утренняя заря. Наблюдала со дна ямы.

Глядя из узкого пространства ямы, я видела, как постепенно светлело небо и исчезали звёзды. Устав до изнеможения, я передумала о многом. Чтобы мать не заметила грязной одежды, я одевала купальный костюм и поверх него один и тот же грязный жакет и работала. Я заметила, что не могу вспомнить, плавала ли я в море в купальном костюме. Во время уроков плавания я только изучала движения и фактически не могу плавать даже кролем. По дороге в школу, взобравшись на холм, я каждый раз задыхалась и, насколько помню, никогда не участвовала в длинных церемониях перед началом занятий. В то время я никогда не обращала внимания на мелочи, которые происходили вокруг меня, а смотрела только на голубое небо.

Трудно дышать, одеяло как будто сдавливает моё тело.

Я даже не могу есть обычную пищу. Единственное, что ещё ем, так это маринованные овощи, которые приносит моя мать. Ты, Мария, наверное, будешь смеяться.

До сих пор, чтобы со мной ни случалось, где-то в глубине моего сердца всегда бился источник энергии, теперь он иссяк.

Я говорю сейчас честно.

Наступает ночь, которую я так не люблю.

Когда гасят свет, эта палата погружается в полную тьму, и я не знаю, что делать. Это настолько ужасно, что хочется плакать. Но от плача я быстро устаю, поэтому приходится терпеть.

При тусклом свете маленькой лампы продолжаю писать письмо. Моё сознание то удаляется, то возвращается вновь. Немного становится хуже и тут же лучше. Скоро превращусь в ничтожный труп, и вы, дураки, будете вокруг него плакать.

Каждое утро уродливая сестра приходит, чтобы раздвинуть шторы.

Самое тяжёлое — это пробуждение: во рту сухо, голова страшно болит. Жар настолько иссушил меня, что я, похоже, превратилась в мумию. Если мне хуже, они сразу ставят капельницу.

Однако, когда открывают шторы и окно, вместе с лучами солнца в палату врывается морской воздух. Лёжа с полузакрытыми глазами, я вижу сон, как гуляю с собакой. Моя жизнь была ничтожной. Если что и было хорошего, то только это, и оно всплывает в памяти.

Чтобы то ни было, я счастлива, что могу умереть в этом городе.

Будь здорова.

Цугуми Ямамото

Оглавление

Почтовый ящик привидения 5

Весна и сёстры Ямамото 26

Жизнь 46

Чужая 66

Энергия ночи 83

Признание 102

Купание в море с отцом 119

Фестиваль 138

Ярость 156

Яма 174

Образ 196

Письмо Цугуми 214

Литературно-художественное издание

Банана Ёсимото

ЦУГУМИ

Ответственный редактор *Елена Целовальникова*
Литературный редактор *Виталий Князев*
Художественный редактор *Юлия Двоеглазова*
Технический редактор *Татьяна Харитонова*
Корректор *Людмила Виноградова*
Верстка *Максима Залиева*

Подписано в печать 09.09.2005.
Формат издания 75×100^1/$_{32}$. Печать офсетная.
Усл. печ. л. 9,75. Тираж 5000 экз.
Заказ № 1872.

Издательство «Амфора».
Торгово-издательский дом «Амфора».
197342, Санкт-Петербург;
наб. Черной речки, д. 15, литера А.
E-mail: info@amphora.ru

Отпечатано с готовых диапозитивов
в ФГУП ИПК «Лениздат» Федерального агентства
по печати и массовым коммуникациям
Министерства культуры и массовых коммуникаций РФ.
191023, Санкт-Петербург, наб. р. Фонтанки, 59.

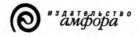

БАНАНА ЁСИМОТО
ЯЩЕРИЦА

Имя Бананы Ёсимото в японской литературе, как правило, ставится рядом с Харуки Мураками. Критики не сомневаются, что она обладает талантом настоящего лирического писателя. В книгу «Ящерица» вошли лучшие рассказы писательницы. Прозу Ёсимото отличает легкость слога и необычайная психологическая глубина. В неприметных мелочах она способна разглядеть нечто значительное и даже мистическое, по-своему приоткрывая и разгадывая тайны бытия...

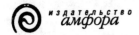

издательство "амфора"

БАНАНА ЁСИМОТО
КУХНЯ

Героиня маленького романа писательницы Бананы Ёсимото
больше всего на свете любит... кухни.

Наверное, потому, что быть наедине с кухней намного лучше,
чем быть одной. В центре этого повествования человеческая
душа, кухня человеческих отношений с близкими людьми
и окружающим миром.

Банана Ёсимото приготовила свое блюдо с необыкновенным
мастерством: ее прозу отличает скрытая чувственность и глубина.
А способность превращать мелочи в нечто значительное наделяет
ее писательский дар особым очарованием.

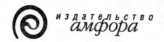

издательство
амфора

Дж. М. Кутзее

ЭЛИЗАБЕТ КОСТЕЛЛО

В дни расцвета ее молодости она, Элизабет Костелло, сама могла бы, подобно Психее, послужить причиной посещения земли крылатым Амуром. Не потому, что была такой уж красавицей, а потому, что жаждала прикосновения бога, жаждала до боли; потому что в своем страстном устремлении она могла бы привить богу вкус к тому, чего ему так не хватало дома, на Олимпе. Но теперь, похоже, все изменилось: «Разведенная белая женщина, рост 5 футов 8 дюймов, за шестьдесят, бегущая к смерти в том же темпе, что и смерть ей навстречу, ищет бессмертного с целью, которую не описать никакими словами...»

Роман нобелевского лауреата Дж. М. Кутзее, вышедший в свет в 2003 году, это роман-раздумье о сложнейших моментах человеческого бытия.

издательство
амфора

Дж. М. Кутзее

В СЕРДЦЕ СТРАНЫ

Первый перевод романа Дж. М. Кутзее, написанного в 1976 году. Действие происходит в ЮАР. Главная героиня рано лишилась матери и живет на ферме с отцом, с детства страдая от недостатка общения. От безысходности героиня, поправ все законы, становится любовницей слуги, чернокожего. Испытав многочисленные унижения, она до конца жизни так и остается одна.

Как всегда, Кутзее великолепно описывает трагедию человеческой жизни, позволяя где-то понять, а где-то домыслить происходящее.

Дж. М. Кутзее
ЖЕЛЕЗНЫЙ ВЕК

Госпожа Каррен, всю жизнь боровшаяся с ложью и зверствами, но фактически изолированная от реальных ужасов режима апартеида, смертельно больна и теперь вынуждена заставить себя смириться с неправдой, царящей вокруг. В своем письме к дочери, давно уехавшей в Америку, героиня перечисляет страшные события последних дней. Она пишет о пожаре в «черном» городке по соседству, об убитом сыне своей экономки, о том, что подросток-активист, скрывавшийся в ее доме, застрелен силами безопасности. Единственный человек, который оказывается рядом с ней в последние дни жизни, это бродяга-алкоголик, неожиданно появляющийся на пороге ее дома.

издательство
амфора

Дж. М. Кутзее

ОСЕНЬ В ПЕТЕРБУРГЕ

Дж. М. Кутзее — единственный в мире писатель, который дважды получил Букеровскую премию. В 2003 году он стал нобелевским лауреатом.

Герой романа «Осень в Петербурге» — великий русский писатель Федор Михайлович Достоевский, на момент своего появления в романе уже знаменитый автор «Бедных людей» и «Преступления и наказания».

По мнению газеты «Известия», Кутзее «сумел превратить великого русского писателя в героя своего романа, придумать сюжет со смертью его пасынка, не говоря уже о том, что... осмелился вот так, без пошлости и насмешек, показать Достоевского в постели».

*По вопросам поставок
обращайтесь:*

ЗАО Торговый дом «Амфора»

123060, Москва,
ул. Берзарина, д. 36, строение 2
(рядом со ст. метро «Октябрьское поле»)
Тел./факс: (095) 192-83-81, 192-86-84,
944-96-76, 946-95-00
E-mail: amphoratd@bk.ru

ЗАО Торгово-издательский дом «Амфора»

197342, Санкт-Петербург,
наб. Черной речки, д. 15, литера А
Тел./факс: (812) 331-16-96, 331-16-97
E-mail: amphora_torg@mail.ru